八千里路 云和月

白先勇

著

记述我的父亲母亲
并及那个忧患重重的时代

二十世纪五十年代,父亲与母亲于台北

二十世纪五十年代，母亲肖像

二十世纪六十年代，父亲摄于台北

二十世纪五十年代,与父母亲游阳明山

代 序

走过历史的长廊

父亲白崇禧将军十八岁便参加辛亥革命武昌起义,三十五岁最后完成北伐,统一中国。抗日战争,父亲出任副总参谋长,襄助蒋中正委员长,重要会战,无役不与。父亲参与了民国的诞生,也见证了民国的衰落。他为了保卫民国,奉献了他的一生。国民党大陆失守,一九四九年底,在风雨飘摇中,父亲只身飞台,最后抱憾以终。父亲的一生,犹如一部民国史的缩影,这也就是促使我亲自提笔撰写父亲传记的缘由。但历史并非我的专业,替父亲写传的那几年,我承受着很大的压力,写得相当辛苦,需要补读大量史料,民国史太过复杂,我如同闯入时光隧道,进到一道见不到尽头的历史长廊,前前后后,在里面步履蹒跚行走了十几年,才完成《父亲与民国》那一套书。这套书二〇一二年在海峡两岸同时出版,引起相当大的注意,尤其在中国大陆,因为书里有不少民国史的叙述是大陆史学界前所未有，或者观点相左的。尤其里面有五百余幅照片，从未在大陆亮相过，其中有关北伐、抗日的图像，颇有历史价值。自二〇一二年起，两年间，我在大陆应各处的邀请，开始我"八千里路"巡回演讲的旅途，大江南北，从西到东，从北京开始，坐高铁、乘飞机，走访了十二个大城，因为这些城市，与父亲当年戎马生涯，息息相关，我的旅程也等于在追寻父亲当年历史的足迹。

我的演讲，大部分是在大学讲给大学生听，北京——中国人民大学，南京——南京大学、东南大学，武汉——华中农业大学，广州——中山大学，桂林——广西师范大学，西安——西北大学，沈阳——东北大学，长春——吉林大学，但也有一些公开演讲，在图书馆及书店，对象是一般市民。那几年，大陆人民对民国史的兴趣与好奇心浓厚，我在各处演讲总有数百上千的听众，他们听得专注而认真。

我从父亲十八岁跟随"广西学生军敢死队"北上参加武昌起义讲到他一九二八年率领国民革命军第四集团军打进北京城，打到山海关，最后完成北伐；又从八年抗日战争[①]，列举他参与指挥的重大战役，"台儿庄大捷""昆仑关之役""武汉保卫战"等，同时我也讲到国军抗日的悲壮事迹：三百万军队的伤亡，二百零六位将领的牺牲，四千多架飞机的陨落，中国军民曾经以"血肉长城"抵制日本军队的侵略，这次战争给中国带来了一场史无前例的灾祸，三千多万人民因此丧失性命。

当然，最后我会讲到"国共内战"[②]，在大陆，那是一个敏感的议题。我在长春吉林大学对上千的学生，讲到一九四六年五月，蒋

---

① 现已改为十四年抗战，下同。——编者
② 即中国人民解放战争，下同。——编者

中正派父亲往东北督战指挥，林彪军队在一次战斗中大败，国军孙立人第一军追过松花江，只离哈尔滨一百里，蒋中正突下停战令，由此林彪败部复活，最后席卷东北，破关南下，父亲最后竟败于林彪之手。吉林大学的学生从来不知道林彪部队曾经溃败的史实，学生十分惊讶。

那两年，我在中国大陆十二个城市巡回演讲，追叙父亲在大陆时期的抗日事迹，但也不讳言他在台湾困蹇的日子。讲到民国的光荣历史：北伐完成，抗战胜利，一时不禁激昂慷慨，不能自已，忘掉今夕何夕，身在何处。我在重庆讲到一九四五年八月十五日日本投降，重庆一夜通宵，爆竹声响彻全城，广播员宣布日本投降，语调哽咽——我突然觉得自己的声音也有点颤抖起来，我记得那晚我和家人正在园中吃西瓜，"剑外忽传收蓟北"，全家人都欢呼跳跃起来。重庆的听众，他们也记得那个日子，跟我起了共鸣。长期以来，民国史在大陆，很少宣传，我趁着《父亲与民国》出版，巡回演讲，把我所知有限的一点民国史，声嘶力竭拼命向大陆听众倾诉：父亲的起、父亲的落，民国的兴、民国的衰，其实无论民国兴衰，对大陆听众而言，都已经是"前朝史"了。我觉得自己有点像《桃花扇》最后一折《余韵》里的苏昆生回到金陵，眼见昔日故都，一片断井颓垣，禁不住"诌一套《哀江南》，放悲声唱到老"。

《八千里路云和月》这本集子收辑了我自二〇〇二年联合文学出版社出版《树犹如此》以来，所发表的一些文章，"辑一：家国情怀"主要记述我的父亲母亲并及那个忧患重重的时代；"辑二：记人物"则是记述深交多年师友之间的情谊往来；"辑三：阅读感怀"是这些年所撰写的书评序文等。

目录

第一辑

八千里路云和月——家国情怀

追寻父亲的足迹 / 002

父亲与民国 / 030

父亲的台湾岁月 / 037

父亲与"二二八" / 040

广西精神 / 054

父亲归真 / 085

女英雄 / 091

新桂系信史 / 102

第二辑
姹紫嫣红开遍——记人物

人间重晚晴 / 108

怀念高克毅先生 / 116

走过光阴,归于平淡 / 121

去寻找那棵菩提树 / 130

追忆我们的似水年华 / 140

丰饶之海 / 144

卓以玉的有情世界 / 148

摄影是他的诗 / 151

修菩萨行 / 154

潇洒一生 / 158

文学因缘 / 161

谪仙记 / 170

旧情难忘 / 176

纪念福生 / 183

第三辑

蓦然回首——阅读感怀

知音何处 / 186

仁心仁术 / 191

吹皱一池春水 / 197

情趣与品位 / 208

风雅颂 / 210

优雅与温暖 / 212

人贵相知 / 216

瘟疫中见真情 / 220

鲑鱼与海燕 / 224

海外孤臣竟不归 / 230

欢乐台北 / 233

大内之音 / 237

第一辑

八千里路云和月
——家国情怀

　　大江南北，从西到东，从北京开始，坐高铁、乘飞机，走访了十二个大城，因为这些城市，与父亲当年戎马生涯，息息相关，我的旅程也等于在追寻父亲当年历史的足迹。

追寻父亲的足迹

父亲白崇禧将军半生戎马，十八岁一九一一年辛亥革命参加"广西学生军敢死队"北上武汉声援武昌起义，三十五岁率领第四集团军，一马当先，直驱北京城，推倒北洋政府，最后完成北伐。抗日战争八年，父亲出任副总参谋长，重要战争，无役不与："台儿庄大捷""昆仑关大捷""武汉保卫战""桂柳会战"。"国共内战"期间，任国防部长、华中"剿总"司令，父亲与林彪从东北四平街交手，后来在武汉再度交锋，直到父亲退守广西，与林彪战至最后一兵一卒。为了民国，父亲奉献了他的一生。

然而父亲的历史，长年来在两岸一直未获公平的论述与评价，甚至时常还遭到扭曲。自一九九四年退休以来，我便着手搜集资料，访问有关人士，预备替父亲写传，呈现父亲真实的一生，于是便有二〇一二年《父亲与民国》以及二〇一四年《止痛疗伤：白崇禧将军与二二八》两部传记的出版。这两部书都由中国大陆、台湾和香港三家出版社同步发行。[①]

[①] 《止痛疗伤：白崇禧将军与二二八》在中国大陆出版时主书名改为《关键十六天》，出版时间为2015年。——编者

《父亲与民国》由广西师范大学出版社抢先于五月出版。这部书在大陆立刻引起相当大的关注,尤其其中有关"北伐""抗战""国共内战"数百幅照片,在大陆首次露面,新闻界十分好奇。两年间,我受到各地的邀请,展开了我"八千里路"巡回演讲,追寻父亲足迹的旅程。

二〇一二年我的行程:北京—南京—武汉—桂林—重庆—广州—上海—杭州。翌年,我去了西安,隔一年,更去了东北:沈阳—四平—长春,最后返回北京。这两年,由北到南,由西到东,跑遍了中国大陆几个重要大城,而这几个城市却跟父亲的戎马生涯息息相关。我马不停蹄穿梭于这些城市,向热切的听众讲解父亲的生平历史之际,同时也在追踪父亲当年在各个城市留下的身影及事迹。

北京

二〇一二年四月二十一日,我终于在北京举办了《父亲与民国》的新书发表会。这部书能够在大陆出版是破天荒的一件事,其间曾经过一年多千山万水的波折,幸而到岸。发表会开始地点也颇难找,后来终于找到政协礼堂附设华宝斋书院,这是一间布置古雅的所在,有书香气息。发表会下午两点钟开始,会场早坐满了各种媒体记者,报纸杂志、电视广播、网站,大概有三十多家,一些老朋友也到了场,作家章诒和、中国社科院文学研究所黎湘萍教授,还有北大、北师大的一些文史教授。会上我讲述了《父亲与民国》

成书的来龙去脉，更放映了一段父亲过世追悼会的纪录片，其中有蒋介石赴殡仪馆行礼献花的镜头，父亲的丧礼按陆军一级上将"国葬"的仪式，文武百官都到齐了，相当隆重，这是大陆媒体记者最感兴趣的影视资料。等到会后记者群访，他们抢着问的一个问题就是：海峡两岸一直传闻白崇禧是蒋介石下令特务毒死的，是否是真？我借着这个机会把一直以来流传着的一个谣言严正澄清。缘由是一位被国民党情治机关开除的特务谷正文捏造故事：蒋介石派特务酒中下毒，杀害父亲，并且派遣护士间谍下手云云，情节至为荒谬。第二天好几家大报的标题竟是"白崇禧不是被蒋介石毒死的"。

我的一番澄清，引来大陆媒体强烈反应，后来台湾的媒体，也做了同样的回响。出版社后来计算了一下，登载有关《父亲与民国》的报道，在大陆超过一百家媒体。于是自新书发布会开始，《父亲与民国》这部书的影响力，从北京开始慢慢辐射出去。

父亲与北京这座城市有几段特殊因缘。一九二八年六月，父亲以北伐东路军前敌总指挥名义，率领国民革命军第四集团军长驱直入北京城，六月三日安国军大元帅张作霖撤出北京，次日在皇姑屯被日本关东军炸死。北京政府群龙无首，国民革命军进城，北京人民夹道欢迎。经过辛亥革命、五四运动，中国人民，尤其是知识阶层，渴望一个现代国家的诞生，北洋政府的腐败作风，不符人民的要求，当时北京人民对充满朝气理想的国民革命军是抱有很大期望的。至于父亲领军进北京，则是他戎马生涯中第一座高峰，也可能是他最高的一座。完成北伐，父亲才三十五岁，正是意气风发的一位青年将领，六月十一日记者访问：

第一辑 八千里路云和月——家国情怀

父亲留影于北京故宫崇禧门前

一九二八年九月二十三日，北伐最后完成，父亲（右六）在滦州指挥革命军肃清张宗昌、褚玉璞残部，返唐山受到欢迎

"广西军队进北京,乃历史上向所未有之事,公意如何?"

白君满面笑容,状至愉快,曰:"太平天国时,两广军尝一度进抵天津,至于进北京,诚哉其为破天荒也。"

可以想象得到当年父亲马上英姿、顾盼自雄的神态。他在故宫门前拍了一张照片,那座门上的横匾竟刻着"崇禧门"三个大字,暗合了父亲的名字,好像北京城欢迎这位白马将军的到来。北京这座古城经历金、元、明、清、民国北洋政府,做过八百多年的首都,人文荟萃,民国初年的新式学堂多集中在北京。六月二十六日,父亲应邀到北平女师大演讲:国民革命与世界革命。女师大的学生都是"五四"时期新女性的精英阶层,父亲的演讲主题在鼓励妇女经济独立,进学参政,加入国民革命,父亲这一番鼓励女权运动的话,大概女师大的新女性都听得进去的。接着,父亲又到清华大学做了一次演讲,由罗家伦校长邀请。父亲领着国民革命军最后完成北伐,一时成了万人瞻仰的英雄。当时父亲年轻气盛,不懂收敛,锋芒太露,因而功高震主。同时广西军队势力高涨,蒋介石感到威胁,终于发动"蒋桂战争",国民革命军,兄弟阋墙,国民党失去统一中国的黄金机会,埋下了最后覆亡的恶因。父亲被通缉并革去党籍,连夜仓皇离开平津,坐船潜回广西。北伐父亲立了大功,可是一夕间从巅峰跌到谷底,经历了事业上第一次大起大落。

一九四五年,抗战胜利,经过十七年,父亲又回到了北京,十月十日,父亲以抗日军事委员会副总参谋长的身份代表中央参加了北京日军受降典礼,大典在北京故宫太和殿广场举行,由孙连仲将军主持。那是北京城内万众欢腾的一个日子,自从卢沟桥事变,北京城及其人民饱受日军蹂躏的痛苦，八年后终于拨云见日，父亲与北京民众都分享了胜利狂欢的一刻。

父亲最后一次到北京是一九四七年二月，时任国防部长，到华北视察，国共内战已经开打，北方战云密布，父亲到北京会见"北平行辕主任"李宗仁，商讨华北防卫问题。

北京是座千年古都，历尽沧桑，看过多少朝代的来来去去，英雄们的起起落落。父亲每次到北京，也总在历史大转折的一刻。

南京

二〇一二年四月二十三日，我们从北京坐五小时高铁到达南京。第二天，在先锋书店有一场大型演讲及签书会，先锋书店在南京大学附近，原为停车场，改建成一家规模庞大的书店。那天演讲，以"父亲与民国"为题，外面下雨还拥进来一千多听众，以年轻人为多，大概有不少学生。章诒和替我站台开场介绍，她评介《父亲与民国》："将军空老玉门关，读书人一声长叹。"诒和对父亲的历史有感而发，所以文章写得深刻苍凉。我在书店演讲了两个小时，放映多张父亲各阶段的照片，讲父亲的历史也就等于讲民国史，父亲的一生可说是民国史的一个缩影。在台上，我感受得到南京听众的热切与好奇。大概因为南京曾为民国政府的首都，南京人民对民国人物、民国历史自然有一份关切。演讲完毕开始签书，足足签了三个钟头，近千本，书店里我的书卖得精光，我也没有想到南京会有我这么多的读者。

第二天四月二十四日，才是这次南京行的重头戏："白崇禧与近代中国"研讨会，由南京大学中华民国史研究中心与南京中国近代史遗址博物馆共同举办。这是突破性的一次研讨会，这是第一次在中国大陆以父亲的历史为主题所开的研讨会，也是第一次以国民党高级将领为主正面客观的学术会议。而且主办单位为南大中华民国史研究中心，这是中国大陆研究民国史最有权威的学术机构，开会的地点就在博物馆，也就是民国政府时期的总统府，一个充满历史意义的所在，再往上溯，南京总统府就是太平天国的天王府。现在博物馆的陈列，大致还原民国时期的面貌，蒋介石办公室的摆设还是保持原样。因为这个研讨会不比寻常，主办单位特别谨慎低

二〇一二年，在南京总统府旧址开"白崇禧学术座谈会"，由南京大学中华民国史研究中心主办。开会场所乃一九四六年蒋介石授印白崇禧出任国防部长的大会厅

调，原则上不欢迎媒体采访，会议在总统府大礼堂召开，由南大中华民国史研究中心主任张宪文教授主持，南大教授有不少位，资深教授有申晓云、刘俊、张生，江苏省委党校李继锋教授、南京师范大学经盛鸿教授等。

我看看大礼堂的环境，感到很眼熟。《父亲与民国》里有一张照片，是一九四六年七月一日，蒋介石就在这个礼堂里授予父亲国防部长印信时所摄，而六十六年后我却在同一个地点，参加"白崇禧与近代中国"研讨会，我突然感到父亲本人没有机会再回到南京，但他在天之灵却指引我替他完成了这趟南京之旅。

会中学者们发言相当客观中肯，对父亲抗日战争的功劳也做了肯定，这是大陆这些年来对待民国史渐渐放开尺度，往史实靠拢，我们这个会议才有可能召开。会中论到大陆一贯流行称呼民国时期地方军事领袖为"军阀"，父亲也一直被称为"桂系军阀"，我提出严正抗议，我说"军阀"是指拥有地方军队的首领，其势力仅及于地方，其利益目标也限于地方及个人。可是父亲参加武昌起义，完成北伐，抗战八年，都是全国性为保卫全民族而战，而且父亲指挥的不仅是桂军，也包括中央军及其他军队，他绝对不是一个地方"军阀"，他大部分的时间都在中央政府任职。与会者都表赞同。

开会的同时，在博物馆南京总统府做了一次相当规模的照片展，有一百幅，都是从《父亲与民国》上撷取下来的，排列起来，图说了父亲一生。这些照片在大陆都是头一次露面，所以引起民众强烈的好奇。展览室就在总统府一进门的左侧，位置醒目，展期长达三个月，博物馆一天七八百人进出，父亲这个照片展的观众必定不在少数。《父亲与民国》这本书的影响，从南京也逐渐散布出

二〇一二年于南京总统府旧址展出百幅父亲照片

去了。

第二天,我在东南大学做了一次演讲,东南大学前身是国立中央大学,蒋介石是校长。我在演讲时,提到抗日战争,父亲提出重要战略"积小胜为大胜,以空间换时间",以游击战辅助正规战,与日军作持久战。讲到这里,台下学生纷纷交头接耳:持久战是毛主席提倡的。我说毛泽东也提出了持久战的理论,可是父亲提出好像早一些,两人大概各自表述。

南京城是一座历经十一朝的千年古都,因为国民政府曾在南京建都,父亲与南京的关系当然也就比较密切了。一九二七年国民革命军进入南京,同时国民党内部发生了"宁汉分裂"的危机,蒋介石被迫下野,孙传芳军队乘机进逼南京,父亲自上海替革命军募款,返回南京路上,发现有孙传芳部队蠢动,父亲当机立断,马上成立临时指挥所,指挥中央第一军在南京近郊龙潭与孙军激战六昼夜，终于彻底击溃孙军，扭转乾坤，"龙潭之役"乃北伐史上最关键的一仗。行政院长谭延闿在南京设宴招待有功将领，即席写下对联赠予父亲：

　　指挥能事回天地
　　学语小儿知姓名

一九三七年抗战军兴，蒋介石号召全国抗日，父亲首先响应，八月四日父亲第一个飞南京，北伐十年后父亲再度到南京，这是中华民族抵抗外族入侵生死存亡的一刻。父亲被任为副总参谋长，负责规划抗日战略之重任，展开八年烽火连天、肝脑涂地、中国人民死亡三千多万人的惨烈战争。父亲抵达南京第二天，日本报纸头条登出：

　　战神莅临南京，中日大战不可避免

"八一三"淞沪会战国军英勇牺牲数十万，不敌日军优势炮火，终于撤退。日军进逼南京，蒋介石召开南京保卫会议，父亲及国军高级将领如李宗仁等，皆主张放弃南京，宣布为不设防城市，因为国军新败之余，来不及整军补充，南京无险可据，防守困难。蒋介石未采纳，认为南京乃国府首都不能放弃，唐生智自告奋勇守城，父亲陪唐巡视周遭防御工事，那天天气寒冷落雪，父亲看见唐身体虚弱，满面病容，还是父亲代他爬上山察视。日军破城，唐生智弃城而逃，日军屠城，三十万军民惨遭残害。南京这座千年古城的人民，遭罹了有史以来震惊中外的最残酷的一次灾难——"南京大屠杀"。

一九四五年抗战胜利,父亲带领我们全家飞回南京,第一件事便是去中山陵谒陵,我们都跟着父亲爬上那三百级石阶,穿过"天下为公"的牌楼,父亲在告慰国父孙中山在天之灵:八年苦战,终于把日寇驱走,还都南京。

武汉

二〇一二年四月二十七日,我们坐高铁抵武汉。一九四八年底,母亲率领我们全家从南京坐船沿长江到武汉与父亲会合,那是国共内战已到最后阶段,京沪不稳,我们开始又在逃难了。武汉冬天酷寒,我记得父亲汉口"剿总"司令部里,树上的老鹰被冻得坠落地上。我们坐火轮从汉口渡到武昌,滚滚长江,浊浪此起彼伏。武汉从古到今都是兵家必争之地,父亲时任华中"剿总"司令坐镇武汉,严阵以待,与林彪军队即将有一场生死恶斗。六十四年后,我携带《父亲与民国》再度到武汉,长江大桥已经横跨在武昌与汉口,天旋地转,武汉变成了一座千万人口到处高楼大厦的现代都市。

我在武汉崇文书城开讲座签书,并到华中农业大学演讲《父亲与民国》,听众上千,反应强烈。武汉是辛亥革命的发祥地,抗战时又当过国民政府的行都,武汉的民众对民国史以及父亲的生平,热切好奇,也是很自然的了。

父亲一生的事业的确与这座有"中国的心脏"之称的战略古城

息息相关。一九一一年武昌起义展开了辛亥革命的序幕。父亲那年十八岁,参加了"广西学生军敢死队",北上武汉,声援革命。参加武昌起义,父亲见证并参与了中华民国的诞生。从此,他的命运与民国的兴亡便紧紧绑在一起了。

一九三八年,南京陷落后国民政府迁都到武汉,日军大举进攻武汉,父亲代理李宗仁,指挥第五战区军队与日军展开近五个月的武汉保卫战。这场战役,激烈迂回,双方死亡惨重,但争取了时间,让国民政府得以从容迁往陪都重庆。

一九四八年,十年后,父亲又回到武汉,蒋介石派遣父亲就任华中"剿总"司令。国共内战已到了对决阶段,最后决定国共胜败的"徐蚌会战"(淮海战役),即将登场。本来此役定由父亲指挥,父亲提出战略计划:"守江必先守淮",指挥中心设在蚌埠,五省联防,由华中"剿总"统一指挥。

蒋介石将战区一分为二,华东归刘峙指挥,在徐州另设立"剿总"。父亲警告:华中指挥权分裂,此役必败无疑。后此战果然国军大败,损失近六十万军队。

翌年,林彪四野大军破关南下,进逼武汉。此时林彪四野已经发展成百万大军,又刚刚打胜辽沈战役,士气高昂,父亲武汉守军不足三十万,而且国军经"徐蚌会战"一役军心濒临崩溃。父亲与林彪再度交手,已居劣势,被迫撤离武汉,转战湖南、广西,与林彪打至最后一兵一卒。

父亲在武汉见证了民国的诞生,最后也在这个城目睹了民国的衰落,为了保卫民国,父亲打了一辈子的仗。

桂林

第二轮巡回演讲，首站是桂林，回到父亲的家乡。二〇一二年五月二十二日在桂林召开了"二十世纪三十年代的广西建设"研讨会，开会的地点就在榕湖宾馆，那原是我们在桂林的故居，后改成高档宾馆，但老房子还在，那是抗战后新起的，原来那幢洋房，一九四四年日军攻打桂林，炸掉了。

与会的人都下榻榕湖宾馆，我每次回桂林，都差不多住在榕湖老家。一九四九年国共内战接近尾声，父亲与桂军将领就是在榕湖家中开的紧急会议，李宗仁、黄绍竑、李品仙都到了，会议决定战和，父亲极力主张战到底，后来果然父亲与林彪战到最后，是国民党军队最后撤离大陆的一支。六十三年后，我跟一批历史学者又来到榕湖，开会研讨三十年代广西建设——那是父亲最得意的政绩，把广西建设成"三民主义模范省"。参加会议的学者有台湾来的杨维真、张力，南京大学的申晓云、社科院的黎湘萍，还有几位广西当地的学者。研讨会足足开了一整天，在广西，这也是创举。一九九三年广西政协本来要在南宁召开一个讨论父亲历史的会议，学者们的论文都写好了，不料会议被临时取消，我白跑了一趟广西，不过在桂林倒吃足了日思夜想的桂林米粉。

一九四四年是抗战后期极为艰辛的一年，日军攻打广西，父亲负责指挥桂柳会战，保卫桂林。广西子弟兵保卫家乡，打得十分英勇惨烈，但军力人数远远不敌日军，将士牺牲惨重，师长阚维雍自戕，八百多守军最后退入七星岩作殊死战，日军用毒气并火烧，八百官兵全体殉国，是广西版的"八百壮士"，桂林陷落。

我们全家以及亲戚八十余口，由母亲率领，搭上最后一班火车

第一辑 八千里路云和月——家国情怀

逃离桂林,桂林城烽烟四起,一片火海。那是桂林这座古城有史以来最大的一次劫难,整座城毁之一炬。

五月二十四日,我在广西师范大学王城校区做了一场演讲,听众来了千余人,在桂林、在自己的家乡,向广西子弟讲父亲的生平、讲广西的历史,我有一种迫切感,因为现在年轻一辈的广西子弟对三十年代的广西不一定熟悉,至于对父亲一生的事迹,恐怕也是陌生的了。但我感受得到听众的热情,他们有求知的渴望,很想知道那段历史。

后来我看到广西师范大学的建校史,广西师大本来是广西师专,原来是三十年代父亲在广西主政时创校的,父亲身为军人,但最注重教育,在他的大力支持下,在广西以及在其他省里,创办过大、中、小各级学校。在他的故乡临桂县(今临桂区),他出资办过一所东山小学,现在还存在,是为了乡下孩子读书办的。我在桂

二〇一二年,六十八年后,重返桂林母校中山小学,与学生合唱老校歌

015

林念过中山小学，这所纪念孙中山的小学，校史上记载，创办人赫然是白崇禧，这是我最近才发觉的。我回去参观小学母校，居然校歌都没有改，我跟小学生们一起唱：

　　　我敬中山先生
　　　我爱中山学校

重庆

　　二〇一二年五月二十六日我们到了重庆。我是在一九四四年头一次到达重庆的，那是为了抗战逃难。这次回去，中间隔了六十八年，重庆完全变成了一个新城市。抗战时期的陪都重庆是一座山城，到哪里都要爬坡，我们住在李子坝，在半山腰，每次回家好像总有爬不完的阶坡，我的记忆中，重庆是一座泥色的城，长江的支流嘉陵江是泥黄色的，山坡大多是土坡，到处黄尘滚滚，连冬天的雾好像也带有土色。可是新重庆的绿化做得非常好，街道两旁绿树成荫，因为到处铺柏油马路，可以坐车上山，山坡好像也消失了，加上四处矗立的摩天大楼，大重庆变成有三四千万人口的直辖市。新旧重庆是两个城市、两个世界、两个世纪。抗战时期的重庆，是个悲情城市，日机不分昼夜轰炸，防空洞里闷死上千人，但重庆亦是当时中国的精神堡垒，是由这个黄泥城发布出去的作战命令，拼死抵挡住日军凶残的侵略。

　　父亲战时任副总参谋长兼军训部长，军训部设在重庆近郊璧山，为了躲避日机空袭，璧山有一个温泉，叫西泉，父亲与钱大钧将军共同创办了西泉中小学，一方面给政府公务员子弟就学，一方面躲避日军轰炸，父亲公余，常带我们到学校的温泉游泳池游泳，我就是在西泉学会游泳的，那年我六岁。

在重庆我做了两场演讲，一场在重庆图书馆，另一场在西西弗书店。重庆图书馆设备周详，特别为父亲做了一个资料展览，父亲有关军事方面的著作、父亲的演讲稿等等，不少早已绝版的书籍，重庆图书馆保存得相当好，到底重庆抗战时期是国民政府的陪都，还有不少国府留下的痕迹。我的演讲，观众踊跃，重庆人的记忆里并没有忘记抗战，我讲到一九四五年八月十五日那天晚上，我跟家人正在院子里吃西瓜，突然间收音机传来广播员的声音：日本投降了！广播员自己先兴奋得哽咽起来，我永远不会忘记那广播员颤抖的声音，顷刻间，整个重庆城响彻了爆竹声，足足响了一夜，那晚没有人能睡得着，讲到这里，我自己的声音也拉高了，下面的观众跟着激动起来。抗战时期四川人民的贡献很大。

广州

二〇一二年六月，我从台北再出发到广州，十九及二十一日我在方所书店及中山大学有两场演讲，两场听众都有上千人。一九四九年夏天我们全家从武汉坐粤汉铁路到达了广州，那时国共内战已近尾声，局势十分紧张，我们暂住在新亚酒店，酒店都塞满了南下的难民，"坏消息"一天比一天多，但我居然还在培正小学读了几天书。不久，我们又开始整行李，预备逃难了，我们坐船从广州到香港，我在船上睡了一晚，睁开眼睛，已到了香港油麻地码头，这一离开要等三十八年后，才能重返大陆。我出生于七七事变那一年，童年与少年，就经过两次天翻地覆的变化，可谓生于忧患。

广州是近代中国的革命基地，辛亥革命后，北洋政府有袁世凯称帝以及一连串北洋军阀夺权动乱，孙中山在广州设立政府，预备北伐。一九二三年，父亲在广州晋见孙中山，父亲曾参加辛亥革命武昌起义，深受《三民主义》《建国大纲》等孙中山著作的启发，投身革命，那次在广州会见孙中山先生，父亲受到精神上极大的鼓励，终其一生，一直坚定信仰三民主义，从事民国建设。

一九二六年，蒋介石组织国民革命军，力邀父亲担任参谋长，整军北伐，七月誓师，从广州出发。那是父亲军旅生涯中第一个要职，广州可以说是他一生事业的发祥地，由广州率军一直打到山海关，最后完成北伐。父亲就任国民革命军参谋长，时年三十三岁。

我在中山大学老礼堂演讲"父亲与民国"，当年孙中山在中山大学演讲，就在那个礼堂。

上海

二〇一二年六月二十二日，我们从广州飞上海，在民生现代美术馆有一场演讲，也有上千听众。我幼年时在上海住过近三年的时间，目睹到老上海最后一霎时的繁华。一九八七年，三十八年后我重返上海，晚上飞机降落，下面一片漆黑，上海还未曾从"文革"中恢复过来，元气大伤，连路灯都是暗淡的。谁也没有料到，在短短的二十来年内，上海一个翻身，变成了世界级的大都会，成百上千的高楼大厦，到处五光十色的霓虹灯，把这座城市的历史伤痕都掩盖住了。走在车水马龙的淮海路（老霞飞路）上，绝对不会意识到这个城曾经历过"一·二八""八一三"日军的炮火。

一九三七年七月七日，卢沟桥事变，全面抗战开始，"八一三"淞沪会战更是抗战的序幕：此役父亲以副总参谋长担重任往上海视察，冒着猛烈的炮火，父亲衔命穿梭于上海各个战区，协调各指挥官。"八一三"战况惨烈，六十万国军牺牲重大，三个月数十万官兵英烈阵亡。父亲曾向蒋介石建议，日军军备占压倒性优势，国军正面迎敌，牺牲太大，应该见好就收，撤离上海，保存实力，作持久战。父亲指挥部署战役，一向以战略取胜，往往能以少击众，以弱抵强，父亲建议未被蒋介石采纳，头一仗，国军便损失了大量精英部队。

抗战胜利后，父亲出任国防部长，在南京就职，我们兄弟姊妹多在上海读书，父亲很少到上海，可是一九四八年四月，父亲突然从南京到上海，而且还待了几个星期，他带我们上国际饭店吃西餐，到虹桥疗养院去检查身体，又受黄绍竑之邀，到他的上海公馆赴宴，席间还有上海的名伶李蔷华两姊妹唱京戏，娱乐嘉宾，李蔷华是有名的程派青衣。父亲一向忙于公事，很少有闲情消遣，那次在上海完全不理公务，相当反常。后来我研究他的历史，才发觉他那次逗留上海，原来是因为在国共内战关键时刻，他与蒋介石之间发生战略意见的冲突，而避走上海的。

一九四八年年初，国府行宪，选正副总统，李宗仁违反蒋介石的意思，竞选副总统，胜出后，中央与桂系嫌隙再起，父亲被调离，出任华中"剿总"司令，驻跸武汉。中共大军南下，局势紧张，本来父亲以为保卫首都南京一战当由华中"剿总"负责指挥，父亲乃向蒋介石提出"守江必守淮"的大战略，将指挥部设在蚌埠据淮河而守，华中"剿总"统一指挥，五省联防。可是蒋介石在宣布父亲出任华中"剿总"司令时，突然下令将华中一分为二，华东由刘峙指挥，在徐州另设一"剿总"。父亲大为震惊，向蒋直言华中指挥权不统一，此役必败。同时父亲避走上海，托病不肯就任，因为父亲知道如此安排，将招大败。父亲以避不就任进谏，希望蒋能改变心意，后来果然不幸被父亲言中，"徐蚌会战"国军大败，近六十万大军毁于一旦，国民党失去政权。

我们当时看不出其实父亲为了国事忧心忡忡，那时在上海，他内心一定十分沉重，而且复杂。蒋介石最后派了黄绍竑到上海，把父亲劝回南京就职。那晚黄绍竑设宴，是在劝说父亲。

杭州

二〇一二年年底十二月十九日我们赴杭州，二十日在《钱塘晚报》报告厅做了一场演讲，听众也来了六七百人。杭州是我最喜欢的城市之一，一九八七年，我第一次重返大陆，便与大导演谢晋同游杭州，在烟雨蒙蒙的西湖游艇上，我跟谢晋达成协议拍摄改自我的小说《谪仙记》的电影《最后的贵族》。

一九二七年国民革命军北伐正进行得如火如荼，一月，父亲被任命为东路军前敌总指挥,挥戈攻打浙江,二月,父亲指挥中央第一军几个师直取杭州,二月十八日,第一军第一师薛岳占领杭州,孙传芳军队败退,十九日,父亲进入杭州城。北伐下一站便是上海。

一九四六年抗战胜利第二年春,应杭州市市长周象贤之邀,父亲携母亲到杭州一游,此时干戈暂歇,父亲难得游山玩水,在西湖上与母亲两人留下多幅照片,那恐怕是长年来,父亲感到最轻松的一刻,不旋踵,国共内战从东北开打,父亲又得匆匆上阵去了。

二〇一二年自《父亲与民国》出版以来,一年间我从北京开始,巡回七个大城,演讲、座谈、受访、研讨会议,将一段被掩盖的历史还原其真相。在各个大学或者书店演讲的时候,我发觉年轻的观众,对父亲的生平、民国的历史,都有一股强烈的好奇心,他们对民国史的来龙去脉未必有很清楚的概念,但他们渴望了解,当年到底发生过什么事情,父亲在民国史的地位到底如何评价。

西安

次年,二〇一三年三月二十七日,我跟广西师范大学出版社的人员一齐飞到西安,这是我向往已久的文化古都,周、秦、汉、隋、唐十三朝建都于此。二十八日,除了秦墓、碑林,这些必看的古迹外,我特别想参观西安的古寺,下午黄昏,我们车子经过城南的兴教寺,本来兴教寺并未排在当天的行程上,因为听闻兴教寺内有唐玄奘的灵骨塔,所以我们停车拜访。我们一行,还有跟随拍摄我的纪录片的目宿摄制组。

寺内一位法师来接待我们，大概看见我们大队人马，还有摄影机，不知我们动机如何，满面狐疑，我向他打听兴教寺的历史，他也支吾以对。他好像心事重重，完全不像一般知客僧对访客的亲切。

玄奘墓塔兴建于唐高宗总章二年（六六九年），是一个五层的灵骨塔，旁边还有玄奘两位弟子窥基和圆测的墓塔，合称慈恩三塔，兴教寺因玄奘塔而成为佛教名胜。法师引导我们看完玄奘灵骨塔后，带领我们参观大雄宝殿，殿前有一块功德碑，石碑上有几处

二〇一三年，于西安兴教寺与法师共读功德碑，上刻"白崇禧二千洋"

裂痕,"文革""破四旧"把这块碑打裂成数截,当时住持常明法师偷偷将碎块埋藏起来,"文革"后才挖出重新拼凑。原来兴教寺在民国时重建,碑上记叙此事,并刻上捐款人姓名,有蒋介石、于佑任、马鸿逵等人,我凑近仔细一看,上面赫然有"白崇禧二千洋"的字样,我惊奇得叫出了声,父亲是虔诚的回教徒,没想到他会捐款修佛教寺庙,但父亲非常重视文化古迹,大概因为兴教寺是唐三藏灵骨塔所在。他珍惜文物,觉得应该保护。

回想起来,那天参访兴教寺纯属偶然,冥冥中好像是父亲引导我去那间他曾经捐款重建的寺庙,为保存那块佛教净土,尽了一份心力。

西安的回民人口有七八万之多,有一条回民街,全国著名的大清真寺便在化觉巷里。大清真寺建于唐天宝年间,其间经历各代修葺,现存的建筑是明清时期的风格,中国楼式的建筑群,规模宏大壮丽。清真寺接待我的教友兴奋地告诉我,抗战时期,父亲到西安,来到大清真寺参观,当时接待父亲的,就是他的爷爷。父亲为大清真寺题字的匾额,现在还保存着。一九三八年父亲在汉口成立中国回教协会,号召全国回民抗日,提出"十万回民十万兵"的口号。当年父亲到西安就是要鼓励西安的回民参加抗日。迄今西安的回民提到父亲,还充满敬意。

三月二十九日,我在西北大学做了一场演讲,讲《父亲与民国》。

东北

又隔一年,二〇一四年六月十一日,我终于到了东北,头一站是沈阳。从前在地理书上讲到东北:一望无际的原始森林,水丰、小丰满水力发电厂,"东北三宝"人参、貂皮、乌拉草。我对这个号称"中国生命线"的地区产生无限憧憬。当然还有痛心的回忆,"九一八"沈阳事件,一九三一年日军侵略中国,东北沦陷。但这次去东北主要的原因,是我的夙愿:要从沈阳到长春这段中长路上走一遭,因为一九四六年,第一次"四平会战"(即四平保卫战),父亲奉命到东北督战,走的就是这条路线。

抗战甫胜利国共两党的军队便开始抢夺沦陷区了,东北首当其冲,共军方面由林彪率军,罗荣桓、黄克诚等各部水陆兼程向东北挺进,同时中共老干部彭真、陈云、张闻天等亦一一进入东北。东北的战略位置、经济物资等其重要性全国首屈一指,向来为兵家必争之地。国民党军队亦精锐尽出,尽属蒋介石的"天子门生"的王牌军由杜聿明统领:新一军(孙立人)、新六军(廖耀湘)、七十一军(陈明仁),全是美式配备机械化的部队。两军对东北都有必得之心,因为国、共两方面都知道谁先拿下东北,便会赢得这场战争。

共军先抵东北,并有苏联暗助,开头占有优势,并占领东北北部,长春、永吉这些大城尽在共军手中。五六月间,两军在中长路上重镇四平街,展开国共内战第一次大规模阵地战,双方各十万军队,一个月间战况拉锯胶着,蒋介石在南京,受美国派遣特使马歇尔催迫停战的压力,派遣父亲以国防部长身份出使东北督战。

五月十七日,父亲飞沈阳,国军士气大振,三天一举拿下四平。父亲拍板命杜聿明下令直取长春,同时飞南京向蒋介石报告经过，蒋介石携父亲同飞沈阳，届时国军已攻入长春，林彪率领残军，继续往北边撤退。在此历史关键时刻，父亲在长春机场向蒋介石请命，留在东北继续督战将林彪部彻底驱出东北，收复哈尔滨、齐齐哈尔、佳木斯等北部大城，并提出计划，训练三百万民团，安定东北地方，然后再调五个美式装备之师，到华北打聂荣臻。蒋介石不准，硬把父亲调回南京，就任国防部长。时孙立人部已越过松花江，预备攻打哈尔滨，六月六日，蒋介石因马歇尔的压力，以及对林彪部队的错误判断，突然下令停战，从六月六日起，停战二十一日，让林彪部队败部复活，转败为胜，终于取得整个东北，影响了内战的胜败。

父亲对"四平会战"功亏一篑，引为终身憾根，每述及此，不禁扼腕顿足。蒋介石后来检讨失去大陆的原因，也把他下的六月六日停战令，列为首要军事错误。

六月十二日，我在沈阳东北大学做了一场演讲。东北大学是二十世纪二十年代建立的，张学良还当过校长，因为经费充足，校区环境幽美，设备精良，是一个以工科为主的重点大学。那天演讲，学生踊跃，我提到我的四嫂赵守俟博士是张学良的外甥女，下面学生兴奋得鼓掌起来，学生们大概对他们的老校长还有仰慕之情，东北人对少帅张学良还相当怀念。

六月十三日，我们便驱车沿中长路开往长春，中途在四平市停留了整个下午，参观了四平战役纪念馆。四平街当年是辽北省的省会，是中长路上军事交通重镇，位于沈阳与长春之间，是兵家必争之地。从一九四六年三月至一九四八年三月，四平街一地发生四次国共军队争夺战，当时只有十万人口的城市，却经过四十万军队的拉锯战，全城几乎夷为平地，现在的四平市是从战争废址中重建的

二〇一四年，摄于吉林四平战役纪念馆

一个新城。四平战役纪念馆建得颇具规模，而且完全是现代声光设备，重现当年战役实况的立体博物馆。

我们离开，已近黄昏，回首四平战役纪念馆，夕阳影里，深深感到历史的沧桑，历史的无情。

长春是东北的一个大城市，是吉林省的政治文化中心。这次我到东北，主要是去追寻当年国共内战，东北一些战役如四平战役、辽沈战役留下来的历史遗迹。中国人民银行长春中心支行位于长春市中心人民大街上，是一栋俄国式大理石外表的建筑，国民党时代原为中央银行，看起来相当巍峨结实。一九四八年十月，辽沈战役已臻最后阶段，十九日，当时国军东北"剿总"副司令兼第一兵团司令郑洞国便是以中央银行建筑为掩体，指挥部队作战，最后被迫放下武器，投降被俘，手下第七军、第六十军十万余人被俘。辽沈战役，是国军溃败，失去大陆的第一块被推倒的骨牌，国军损失四十七万人。

郑洞国是黄埔第一期，与杜聿明同期同学，皆属蒋介石中央军嫡系，抗战期间，屡建军功，参加过台儿庄大捷，又赴缅甸，率领远征军，是蒋介石的"天子门生"，手下爱将。郑洞国被俘后的生活，还算礼遇，曾任职水利部，但他拒绝重返东北，大概内心愧疚，不愿再面对长春这座伤心城吧。

中国人民银行那天照样开了张营业，长春人民也照样进进出出，真难以想象六十六年前十月二十一日那天，郑洞国放下武器，从那座巍峨建筑，一个人踽踽步行出来那幅凄凉场景。

吉林大学是东北的高校，由六所高等院校合并而成，有学生六七万人，是中国的重点名校。六月十四日我在吉林大学做了演讲，因为在东北，我的演讲侧重一九四六年第一次四平战役，那是父亲与林彪第一次交手。学生大多都不清楚这一仗的来龙去脉，因此上千学生都听得全神贯注。

北京

最后，我们又回到了北京，二〇一四年六月十八日，在单向街书店做了一次讲座，之前在中国人民大学也举行过一次公开演讲。

自从二〇一二年在北京举行《父亲与民国》新书发布会，启动我"八千里路"巡回演讲，两年间，从华北到华南，从西北到东北，乘飞机、坐火车，一连走过十二个城市，向千万个听众，多为一些热切的青年学子，叙说、讲解民国那一段被湮没、被掩盖的历史，有时讲到激昂处，往往忘我，为了追求历史真相，忘掉了顾忌，忘掉了身在何处，该讲的都讲了。

这十二座城市，当年父亲的戎马生涯，都曾留下他的身影、事迹，特别在几个城里，如北京、武汉、东北的长春，在历史兴衰的关键时刻，父亲都扮演了举足轻重的角色。我追随父亲的足迹，经过这些史迹斑斑的古城，遥想父亲当年，为了保卫民国，东征西

白先勇于父亲手书"仰不愧天"的立碑前留影

讨、铁马冰河的辛苦生涯，不禁肃然起敬，为他感到无限骄傲。

《父亲与民国》的出版，的确卷起了不小的浪涛，余波荡漾，从台湾传到大陆，然后到达北美。那两年，北美各大城市的华人团体，也纷纷邀请我去演讲，讲父亲，讲民国，从西岸一直讲到东岸，一共去了十个城市，展开我在北美的"八千里路云和月"：温哥华、西雅图、旧金山、圣巴巴拉、洛杉矶、圣地亚哥、休斯敦、奥斯汀、纽约、波士顿。

这几十年来，我一直有一个愿望：要为父亲，一位为国为民身经百战，曾经叱咤风云的老将军，他的历史做一个比较公平的评价。《父亲与民国》的出版，总算是尽了我为人子的一份心意。

一九五〇年十二月，台南郑成功祠原址重修天坛，父亲在匾额上题下"仰不愧天"，这四个字用在父亲身上，也十分允当。

父亲与民国

父亲白崇禧将军出生于一八九三年桂林六塘山尾村,一个回民家庭。祖父志书公早逝,家道中落,父亲幼年在艰苦的环境中奋发勤学,努力向上,很小年纪,更展露了他过人的毅力与机智。一九〇七年,父亲考入桂林陆军小学,这是他一生事业奠基的起点。父亲生长在一个革命思潮高涨的狂飙时代,大清帝国全面崩溃的前夕。桂林陆军小学正是革命志士集结的中心。一九〇五年孙中山成立同盟会后,次年便派黄兴至桂林发展革命组织,陆小总办蔡锷等人鼓吹"推翻满清,建立民国",父亲深受影响,与同学们纷纷剪去长辫,表示支持。

一九一一辛亥年,十月十日晚,武昌新军工程营的成员发出了第一枪,武昌起义,展开了辛亥革命的序幕。那一枪改变了中国几千年的帝制历史,亚洲第一个共和国中华民国诞生了。武昌起义那一枪也改变了父亲一生的命运。

武昌起义的消息传来,广西人士反应热烈,组军北上支援。父亲参加了陆军小学同学组织的"广西学生军敢死队",共一百二十人随军北伐。家中祖母知道父亲参加敢死队的消息,便命父亲两位哥哥到桂林城北门去守候，预备拦截父亲，强制其回家。谁知父亲暗暗将武器装备托付同学，自己却轻装从西门溜了出去，翻山越岭与大队会合。那年父亲十八岁。踏出桂林西门那一步，他便走出了广西，投身于滚滚洪流的中华民国历史长河中。

学生军敢死队水陆兼程经湖南北上，父亲肩上荷"七九"步枪一支，腰间绑着一百五十发子弹的弹带，背着羊毡、水壶、饭盒、杂囊，身负重载，长途行军，抵达汉阳时，父亲与许多敢死队同学脚跟早已被草鞋磨破，身上都生了虱子，痒不可当。时清军据守汉口、汉阳，与武昌方面的革命军隔江对峙，广西北伐军和学生军敢死队，奉命在汉阳蔡甸到梅花山一带，配合南军作战，威胁敌方侧后。一夜，父亲被派担任步哨，时适大雪纷飞，顷刻间父亲变成了一个雪人，那是父亲第一次上前线，而且参加了一场惊天动地的革命行动，内心热情沸腾，刺骨寒风竟浑然不觉。那是父亲一段刻骨铭心的回忆。亲身参加武昌起义，对父亲具有重大意义。他见证了中华民国的诞生，由此，对民国始终持有一份牢不可破的革命感情。

辛亥革命成功后，父亲考入保定军校三期，接受完整的军事教育。父亲在保定前后期的同学，日后在国军中皆任要职。保定毕业，父亲与二十多位同学，自愿分发到新疆屯边，效法张骞、班超，立功边疆，他曾经下功夫研究左宗棠治疆的功绩，中国边防一直是他战略思想的要点之一。治疆的抱负后因俄国革命交通阻断，未能实现。一九一七年，父亲返回广西，结识李宗仁、黄绍竑，共同从事统一广西的大业，时称"广西三杰"。

一九二六年，北伐军兴，蒋中正总司令力邀父亲出任国民革命军参谋长，这是父亲军事事业第一个要职。当时北洋军阀各据一方，中国四分五裂，其中以孙传芳、吴佩孚势力最大。中国人民经过辛亥革命、五四运动，革命新思潮高涨，对国民革命军有高度期望，革命军遂能以少击众，从广州一路摧枯拉朽打到山海关。那是国军士气最旺盛的时刻。北伐是民国史上头一等大事。

北伐时期，父亲立下大功，重要战役，几乎无役不与，充分展示他战略指挥的军事才能，尤其是一九二七年龙潭战役，关系北伐成败。时因"宁汉分裂"，蒋中正下野，国民革命军内部动荡不稳，孙传芳大军反扑，威胁南京，形势险峻。父亲临危受命，指挥蒋中正嫡系第一军，与孙传芳部决战于南部城郊龙潭，经过六昼夜激战，不眠不休，终于将孙军彻底击溃。行政院长谭延闿在南京设宴招待龙潭战役有功将领，特书一联赠予父亲：

指挥能事回天地
学语小儿知姓名

北伐后期，父亲被任命东路军前敌总指挥，率领第四集团军，挥戈北上。一九二八年六月，父亲领军长驱直入北京，受到北京各界盛大欢迎，成为历史上由华南领兵攻入北京的第一人，天津《大公报》主笔名记者张季鸾在六月十四日发表社论："广西军队之打到北京，乃中国历史上破天荒之事。"当年太平天国的两广军队只进到天津。父亲时年三十五岁，雄姿英发，登上他戎马生涯的第一座高峰。

父亲继续率部至滦河，收拾张宗昌、褚玉璞残部，东北张学良易帜，最后完成北伐。

北伐期间，广西军屡建奇功，桂系势力高涨，功高震主，蒋中正决意"削藩"。一九二九年，发生"蒋桂战争"，掀起"中原大

第一辑　八千里路云和月——家国情怀

一九三九年，父亲任桂林行营主任，摄于桂林八桂亭前，座下是爱驹"乌云盖雪"

战"序幕，中国再度分裂。北伐成功，原为国民党统一南北，建设中国最佳良机。北伐甫毕，南京开编遣会议，计划裁军，父亲由北京拍千言长电致国民党中央，请缨率领第四集团军至新疆实边，可惜未受采纳。中央派军攻打广西，父亲等人一度流亡安南。后再潜返广西，展开两广联盟，与中央对峙。其间父亲致力建设广西，不到七年，广西由一个贫穷落后的省份一跃而成为全国"三民主义模范省"。一九二三年，父亲曾在广州晋见孙中山先生，受到极大鼓励。父亲对孙中山创作的《三民主义》《建国大纲》《实业计划》中的建国理想及方针心向往之。建设广西，如土地改革、"三自""三寓"地方自治等计划，可以说都在实践"三民主义"的精神。胡适等人参观广西，大加赞扬。建设广西，展现了父亲的政治

033

抱负及行政才能。

一九三七年"七七事变",地方将领中,父亲第一个飞南京响应蒋中正抗日号召。日本各大报以头条新闻报道"战神莅临南京,中日大战不可避免",广西与中央对峙因一致对外而暂时化解。

父亲出任军事委员会副总参谋长兼军训部长。对日抗战,父亲的贡献不小:一九三八年,军事委员会在行都武汉开"最高军事会议",父亲提出对日抗战大战略:"积小胜为大胜,以空间换时间",以游击战辅助正规战,消耗敌人实力作持久战。日军军备远优于国军,与日军正面作战,难以制胜,"八一三"上海保卫战,国军伤亡数十万精兵,牺牲惨重。父亲认为应该同时发动敌后游击战术,困扰敌人,不必重视一城一镇的得失,使敌人局限于点线的占领,将敌军拖往内地,拉长其补给线,使其陷滞于中国广大空间,从而由军事战发展为政治战、经济战,向敌发动长期总体战,以求得最后胜利。父亲自承抗日战略思想,是受到俄法战争,俄国人拖垮拿破仑军队策略的启发。父亲的提议得到蒋中正委员长的采纳,并定为抗日战争最高指导原则,对抗战的战略方向,有指标性的作用。父亲有"小诸葛"之称,被誉为中国近代杰出军事战略家。他的抗日战略,显露出他高瞻远瞩的智慧。

抗日期间,父亲奔驰沙场,指挥过诸多著名战役:"徐州会战——台儿庄大战(台儿庄大捷)""武汉保卫战""桂南会战——昆仑关之役""长沙第一、二、三次会战"等。其中尤其以一九三八年"台儿庄大战"至为关键。

时首都南京陷落,日军屠城,国军节节败退,全国悲观气氛弥漫。台儿庄一役给予日军迎头痛击,被国际媒体称为日军近代史上最惨重的一次败仗。全国人民士气大振,遂奠下八年全面抗战之根基。父亲与李宗仁等将领,登时被全国民众尊为"抗日英雄"。

民国命运,自始多乖,内忧外患,从未停息。抗战刚胜利,国共内战又起,而且不到四年间,国民党竟失去了大陆政权。国民党在大陆上的失败固然原因多重,然父亲在他的回忆录中却认定军事失利是导致国民政府全面崩溃的主因。抗战后父亲出任首届国防部长,其后又调任华中"剿总"司令,虽然身居要职,但职权受限,并未能充分发挥其战略长才。国共战争,国军在战略战术上犯下一连串严重错误,终致一败涂地。

首先父亲极力反对战后贸然裁军,内战正在进行,处置不当,动摇军心。本来国军部队有近五百万人,共军只有一百多万。裁军后,大批官兵,尤其游杂部队,这些八年全面抗战曾为国家卖命的士卒,流离失所,众多倒向共军,共军军力因此大增。裁军计划由参谋总长陈诚主导,父亲的反对意见,未获高层支持。

一九四六年五六月第一次东北四平街会战,那是国共战后首度对阵,双方精英尽出,蒋中正派父亲往东北督战,旋即国军攻进长春,孙立人率新一军追过松花江,哈尔滨遥遥在望。在此关键时,父亲向蒋中正极谏,自愿留在东北继续指挥,彻底肃清林彪部队。蒋中正由于受到马歇尔调停内战的压力,以及对共军情况的误判,没有采信父亲的建议,竟片面下停战令。林彪部队因此整军反攻,最后取得整个东北。事后多年,国民党检讨内战失败原因,蒋中正本人以及国军将领咸认为那次片面停战,不仅影响东北战争,而且关系全盘内战。

一九四八年年底至次年年初之"徐蚌会战",乃国共最后决胜负的一仗。原本蒋中正属意父亲指挥此次战役。父亲时任华中"剿总"司令,北伐抗战父亲在淮北平原这一带多次交战,熟悉战略地形。他向蒋提出战略方针："守江必先守淮"，应将军队集结于蚌埠，五省联防，由华中"剿总"统一指挥。未料蒋中正临时却将指挥权一分为二，华东归刘峙指挥，而指挥中心却设在徐州。徐州四战之地，易攻难守。父亲曾如此警告：指挥权不统一，战事必败。"徐蚌会战"开战前夕，国共两军各数十万，严阵对峙，国府高层深感势态严峻，刘峙不足以担当指挥大任，国防部长何应钦、参谋总长顾祝同联名向蒋中正建议，由父亲替代刘峙统一指挥。父亲飞抵南京开军事会议，发觉国军战略部署全盘错误，大军分布津浦、陇海铁路两侧，形成"死十字"阵形。父亲判断大战略错误，败局难以挽回，况且开战在即，已无时间重新布置数十万大军。父亲断然做了一项恐怕是他一生中最艰难的决定：拒绝指挥"徐蚌会战"。后国军果然大败，蒋中正下野，李宗仁出任代总统。蒋、白之间，嫌隙又生。

内战末期，林彪率百万大军南下，父亲则率领二十万部队与共军盘桓周旋，激战数月，但当时大局已濒土崩瓦解，国军士气几近崩溃。父亲军队一路奋勇抵挡，由武汉入湖南，退至广西，与共军战至最后一兵一卒，但孤军终难回天，父亲于一九四九年十二月三日由南宁飞海口。

父亲十八岁参加辛亥革命武昌起义，见证了民国的诞生。北伐军兴，父亲率部由广州打到山海关，最后完成北伐统一中国。抗日战争，父亲运筹帷幄，决战疆场，抵抗异族入侵，立下汗马功劳。国共内战，父亲率部战至一兵一卒，是战到最后的一支军队。为了保卫民国，父亲奉献了他的一生。

父亲的台湾岁月

台湾对于父亲也具有特殊意义。一九四七年，台湾发生"二二八"事件，蒋中正派父亲以国防部长名义赴台宣抚善后。父亲于三月十七日抵台，停留两个多星期。当时台湾已遭军队镇压，人民恐慌，人心惶惶。值此危疑震撼之际，父亲首要工作在于止痛疗伤，安定人心。父亲立即发布几项重要措施：以国防部名义命令全省军警情治单位停止滥杀，审判公开。有不少受刑人因父亲这道命令，救回一命。参加过"二二八"的学生，不咎既往，并呼吁学生返校复学。父亲曾公开演讲，向青年学生喊话。父亲在台两个多星期间，由北至南，广泛接触并聆听各界人士意见。回到南京，父亲向蒋中正建议，撤换陈仪，撤职查办警备总部参谋长柯远芬。

"二二八"事件是台湾历史上的重大事件，父亲正是台湾历史时刻的参与者。

父亲于一九四九年十二月三十日自海南岛入台，用他自己的话说是"向历史交代"，与中华民国共存亡。父亲参加辛亥革命武昌起义、北伐、抗战、国共内战，他自己一生命运与民国息息相关，他选择台湾作为他最后归宿。

父亲在台湾并未担任要职,过了十七年平淡的日子。父亲身为陆军一级上将,此为终身职。在台时期,表面上享有一级上将的待遇,事实上暗地却遭情治人员监控跟踪。父亲对此极为愤恚,曾密

二十世纪五十年代,父亲在围棋协会下棋,全神贯注

父亲晚年与李品仙将军摄于台北

一九五八年，父亲六十四岁生日，摄于台北

函蒋中正诘问缘由。

父亲于一九六六年十二月二日，因心脏冠状动脉梗死逝世，享年七十三岁。关于父亲死因，两岸谣传纷纷，有的至为荒谬。起因为一位在台退休的情治人员谷正文的一篇文章。谷自称属于监控小组成员，文中捏造故事，谓受蒋中正命令用药酒毒害父亲。此纯属无稽之谈。父亲逝世当日，七弟先敬看到父亲遗容，平静安详，大概病发突然，没有受到太大痛苦。父亲丧礼举行"国葬"仪式，蒋中正第一个前往祭悼。

父亲在台湾十七年，伏枥处逆，他亦能淡泊自适，他曾为郑成功祠天坛横匾题"仰不愧天"四字，这也是他一生写照。

父亲与"二二八"
——关键十六天

我是一九五二年从香港到台湾来的,离"二二八"事件不过五年,当时我十五岁,在"建国中学"读书。可是在念中学以至上大学的年份里,我常常遇到老一辈的台湾本省人士对我这样说:

当时要不是你父亲到台湾来,台湾人更不得了啦!

他们指的是一九四七年台湾发生"二二八"事件后,蒋中正特派父亲以国防部长的身份到台湾宣慰,处理"二二八"善后问题。父亲在关键的十六天中,从三月十七日到四月二日,救了不少台籍人士的性命。当时台湾人对父亲一直铭感于心。那些台湾父老对我提起这件事的时候,都压低了声音,似乎余悸犹存,"二二八",在戒严时代,还是一大禁忌,不能随便谈论的。

一九四七年在台湾发生的"二二八"事件,不仅是台湾史上,亦是整个中华民族的一个大悲剧。一八九四至一八九五年,甲午战争、《马关条约》,台湾被割让,台湾人民是第一次中日战争的最大受害者。一九三七至一九四五年,第二次中日八年战争(全面抗战),中国人民丧失三千多万生命,亦是最大的受害者。而这同一民族、同是被日本军国主义迫害的两地人民,在"二二八"事件中竟然互相残杀起来,留下巨大创伤和难以弥补的裂痕。

"二二八"事件发生的复杂原因,许多学者专家从各种不同角度做过详尽分析,但从第二次世界大战后全盘历史的发展看来,"二二八"恐怕并非偶然,类似冲突,难以避免。二战日本投降来得突然,接收工作,国民政府措手不及,东北、华北平津一带,华东京沪区,是接收计划重中之重,一流军队人才都遣派前往。台湾在当时接收计划中,重要性排名后段,来接收的军队以及人员当然也属二三流了。

事后证明,国民政府接收东北、平津、京沪一一失败,这也是国民党政府失去大陆的主因之一,台湾经过五十年日本殖民,情况更加复杂。台湾接收,未能顺利,爆发"二二八"事件,并不意外。而事件发生的时间点,亦正是国共内战的尖锐时刻,中国大陆从东北到华北,遍地烽火。蒋中正正忙于调动胡宗南部攻打延安,"剿共"是国民政府当时全力以赴的首要目标,同时在台湾发生的"二二八"事件,其严重性及后坐力,政府未能及时做出正确判断,直到事态发展不可收拾,只得派兵镇压,全岛沸腾,蒋中正才命令父亲到台湾宣慰,灭火善后。

蒋中正任命父亲到台湾宣慰,基于父亲当时职位是国防部长,对军警人员有管束权,父亲因抗日军功,成为一代名将,在民间有足够的声望,而蒋对父亲处理危机的能力亦是充分信任的。当时父亲正在华北巡视各"绥靖区",三月七日飞抵山西太原,即接到命令,紧急返回南京。三月十七日,父亲赴台展开宣慰,展开停损善后工作，当时，"二二八"已发生两个多星期。三月八日深夜，奉命来台的整编第二十一师主力在基隆上岸，其后一个星期，暴力镇压，滥捕滥杀随即展开，有不少台籍精英分子以及基层百姓，在此期间丧命。父亲本来计划三月十二日来台，后受阻于陈仪向蒋中正的建议，迟来数日。父亲抵台时，面临的情况，十分复杂敏感。当时全岛人心惶惶，台湾人民陷于极端恐慌状态，任何处理不当，即有火上加油、灾情扩大的可能。父亲是国民政府蒋中正主席亲自任命的特派大员，可以说手上掌握生杀大权，他的态度及措施攸关善后工作的成败。

据父亲回忆录自述，他处理"二二八"的基本态度是：大事化小，小事化无。他对"二二八"受难者，无论本省或外省人士，都心存哀矜，希望息事宁人。事实上他未赴台前，已听取各方的情报，因此他对于台湾情况，是有所了解的。父亲行事，一向深谋远虑，高瞻远瞩，但行动却剑及履及，当机立断。他治军严格，赏罚分明。尤其面对人命关天的案子，父亲宅心仁厚，谨慎判断。抗战期间，日本空军空袭成都，我空军成都军区司令张有谷，令第五大队队长吕天龙率领十六架飞机避往天水，因为国军飞机装备比日机差一大截，无法正面迎战。吕天龙卧病，由副队长余平享带队，降落天水机场时遭日机突袭，全军尽墨。蒋委员长震怒，将张、吕、余押至重庆枪决。蒋命父亲任军法审判长，父亲对蒋说："军法审判必得其平，始可信服部下，若当毙而不毙，则我不做，若不当毙而毙，我亦不能做。"后来父亲将三人免除死刑，为空军保留了几位优秀人员。他对因"二二八"而涉案的人，亦是持同一态度。他显然认为因"二二八"遭捕的人绝大多数都是无辜的，尤其是青年学生，即使有所触犯，也应罪不至死。所以他来台宣慰，基本上是

上：一九四七年三月十七日，父亲抵达台北松山机场，右一为行政长官陈仪，左一为参谋长柯远芬

下：一九四七年三月十七日，父亲在台北宾馆举行茶会。右一为台湾省参议员林献堂，右三为陈仪长官，右四为葛敬恩秘书长，右五为柯远芬参谋长

采取宽大怀柔的政策，免除许多人的死刑。

事实上当时台湾的气氛相当肃杀，陈仪手下有一派人，以警备总部参谋长柯远芬为首，主张严厉制裁，大开杀戒。父亲的回忆录中有这样一段重要记载：

父亲召开清乡会议，柯远芬在会上慷慨发言：

> 有些地方上的暴民和土匪成群结党，此等暴民淆乱地方，一定要惩处，宁可枉杀九十九个，只要杀死一个真的就可以。

父亲当场严加驳斥：

> 我纠正他，有罪者杀一惩百为适当，但古人说行一不义，杀一不辜而得天下者不为，今后对于犯案人民要公开逮捕，公开审讯，公开法办，若暗中逮捕处置，即不冤枉，也可被人民怀疑为冤枉。

"二二八"事件中，滥捕滥杀，柯远芬扮演重要角色。父亲回到南京，即向蒋中正弹劾柯远芬：

> 处事操切，滥用职权，对此次事变，举措尤多失当，且赋性刚愎，不知悛改，拟请予以撤职处分，以示惩戒，而平民忿。

可见父亲对柯远芬滥杀镇压的主张，完全不能认同，彻底反对。他以国防部长的身份，三番两次下令"禁止滥杀，公开审判"。父亲宽大处理的措施，对于稳定人心，起了决定性的作用，军警情治单位由此收敛，许多已判死刑犯人，得以免死，判徒刑者，或减刑，或释放。设若父亲当时的态度稍显踌躇，未能及时制止柯远芬等人，恐怕"二二八"冤死的人数就远不止现在这些数目了。

父亲一到台湾便马上积极展开宣慰工作。三月十七日，下飞机

后,当晚六时半便在中山堂向全省广播,宣布政府对"二二八"善后从宽处理的原则。吴浊流在《无花果》中记载:

> 白崇禧将军在广播中发表处理方针。于是秩序因此而立刻恢复了。

父亲在台湾十六天,从北到南,到处广播演讲,宣扬政策:"广播五次,对长官公署全体职员及警备总部全体官兵训话各一次;对省市各级公务员、民意机关代表、民意代表训话共十六次;对高山族代表训话二次;对驻台陆、海、空军及要塞部队训话五次。对青年学生演讲广播二次。"

父亲这些讲话,起了稳定民情、约束军警的效应。除了"禁止滥杀,公开审判"的命令,影响了许多个人及家庭的命运之外,他宣布的其他几项原则方针,也有重大意义。

涉事青年学生,免究既往

卷入"二二八"事件中的青年学生,不在少数,因恐惧报复,不敢上学。父亲最关心这些学生的安危,特别颁布命令,保证学生安全:"凡参加事件之青年学生,准予复课,并准免缴特别保证书及照片,只需由家中父兄领回,即予免究。"

三月二十日下午六时半,父亲向全省青年学生广播,除了保证复学学生人身安全外,并呼吁学生:"切望你们放大眼光,不要歧视外省人，破除地域观念……我们要本亲爱精诚，如手如足，互助合作。"

三月二十七日上午十时，父亲赴台湾大学法商学院广场，对台大及中等学校学生约八千人演讲，再次保证学生安全："一切曾被胁迫盲从之青年学生，均应尽速觉悟，返校复课，可由家长保证悔过自新，当予不咎既往。余已饬令军、警不许擅自逮捕，并将绝对保证青年学生之安全。"

父亲再三命令保证学生安全，当时应该有大批涉案的学生获得赦免，恢复上课，继续他们的学业。

安抚外省公务员

"二二八"事件中，头一个星期，全省有不少外省人，尤其是公教人员，受到殴打，有的甚至丧失生命。因此公教人员纷纷携眷离开台湾，父亲于三月二十日下午三时，在长官公署大礼堂（今"行政院"），召集台北公务员讲话，其间特别安抚外省公务员：

> 余今仍盼诸君继续留台工作，勿稍灰心。须知中国不能离开台湾，台湾亦不能离开中国，诸君留台服务，实与前往内地服务无异。且台湾乃新收复之领土，即就教育而言，吾人之工作必须五年至十年始可完成。日前侮辱诸君以及伤害诸君者，仅为极少数之不良分子，极大多数之台胞仍极爱国，且愿与诸君精诚合作，"二二八"事件，纯系意外之偶然事件，余信今

后决不致再有此事,余并保证今后中央亦绝不容许再有此事。

有部分涉案民众,事后携兵器逃避山中,父亲于三月二十六日晚间七时,于台湾广播电台向全省民众广播,劝令逃避山中民众缴械归来,既往不咎。并接见协助政府的民众领袖马智礼、南志信等人,善加勉励。

父亲在台十六天密集旋风式的宣慰工作,稳定民心、恢复秩序,有止痛疗伤的正面巨大效果,对"二二八"事件的后续发展,起了关键性的作用。近年来,关于"二二八"事件的研究,以及史料搜辑,官方及民间都下了不少功夫,出版为数甚多的书籍,可是令人讶异的是,父亲宣慰台湾,十六天中所做的重大措施及其影响效果,官方文献,或者按下不表,或者一笔带过。阅读台湾官方出版有关"二二八"事件的报告,几乎都看不出父亲在"二二八"事件善后停损工作所扮演的角色。而民间学者专家的论述,也甚少论到这一节,更无一书全面探讨。只有"中央研究院"近代史研究所陈三井、黄嘉谟两位教授,各自撰写过一篇论文,记录父亲来台宣慰的始末。父亲"二二八"宣慰史实被官方以及民间学者所忽略,细究其因,并非偶然。

父亲自从一九四八年,因副总统选举支持李宗仁,与蒋中正产生嫌隙,更因"徐蚌会战",两人冲突更为尖锐。此役国军大败,蒋中正随之下野,其间父亲曾发"亥敬""亥全"两电,建议美国出面调停。蒋须下野,才能和谈。两封电报,触怒蒋中正,蒋对父亲一直颇不谅解。一九四九年年底,父亲入台,本意与中华民国共存亡,可是蒋中正却派情治人员,对父亲严加监控,在台十七年,二十四小时有特务跟踪。

　　事实上父亲入台后只任闲职，并无兵权政权，而父亲言行谨慎，与海外桂系势力并无联络，对蒋中正政权，根本不构成任何威胁，当局对父亲实在不需如此防范。唯一的原因，恐怕是跟"二二八"有关。父亲在"二二八"事件后来台宣慰，实行了不少德政，亦拯救了不少人的性命，台湾人民感念其恩，在台湾民间，当时国民党官员中，父亲德望甚高。多位台湾士绅，一直与父亲保持来往。这，就犯了当局的大忌。雷震一案，就因雷震与台籍人士李万居等过往太密，企图组织反对党所致。有声望的外省人士与台湾士绅"勾结"，是当局的梦魇，必须阻止。

　　我阅读蒋中正在台湾时期的日记，发现蒋对父亲的确猜疑甚深，处处防范。当局对付父亲的策略，是将父亲的历史，如北伐、抗日的军功，当然也包括"二二八"时来台宣慰的成绩，消灭抹杀；企图将父亲在民间的声望，在民国史上的地位，撼摇更改。例如官方出版唯一一本有关抗战著名战役"台儿庄大捷"的书籍，登载国军将领照片，却独缺白崇禧、李宗仁两位桂系主帅。另一方面，国民党宣传机构自"徐蚌会战"失败，因而失去大陆之后，一直宣传：华中白崇禧按兵不动，见死不救，"徐蚌会战"乃败。这项中伤谣言，一直持续，渗透到国军军中，迄今不散。

　　"二二八"整个事件中，父亲来台宣慰，停损善后，算是国民党政府官员所做的一项具有正面意义的措施，按理政府应当宣扬，以彰史实，平衡民怨。但因为当局对父亲在台湾民间的声望"耿耿于怀"，当然，有关他"二二八"善后的德政，也最好不提。台湾当局，基本上也继承这个态度，所以官方文献上，父亲关键十六天的宣慰工作，多半语焉不详，模糊带过。至于民间学者专家的著作,对国民党政府在"二二八"中的角色,多持批判态度。父亲既是蒋中正特派到台湾宣慰的大员,当然也是国民党的一员,要给父亲的宣慰工作一个公平全面的评价,则需有古史官齐太史、晋董狐的勇气与良知了。

"二二八"事件在台湾史上是何等重大的事情,多少人因此丧失生命,多少心灵受到创伤,多少家庭遭遇不幸。而其政治效应,无限扩大,迄今未戢。对待如此严重的历史事件,当务之急,是把当年的历史真相,原原本本,彻底还原。只有还原全部真相,人民才可能全面地了解、理解,才可能最后达到谅解。如果这个岛上两千三百万人,还因为六十七年前发生的一项不幸历史悲剧,彼此继续猜疑仇视,那么台湾的命运前途,将是坎坷的。宽容谅解,是唯一的选择。

父亲当年来台宣慰的目的,就是希望在悲剧发生后,能够止痛疗伤,这也是这本书《止痛疗伤:白崇禧将军与二二八》出版的由来,希望能在"二二八"历史真相的拼图上,填满一角空白。这也是我酝酿多年的心愿。虽然我因为撰写父亲传记,涉猎过不少有关"二二八"事件的书籍,但我本身未受过史学训练,搜集资料,取舍分析,对我来说,是一件吃重而不讨好的工作。幸亏我找到合作对象,青年历史学者廖彦博。彦博毕业于台湾政治大学历史研究所,曾就读于美国弗吉尼亚大学博士班,专治民国史,曾以《陈诚在国共内战中的角色》("Chen Cheng and the Chinese Civil War",1946—1950)为题撰写硕士论文,也曾参与台湾"国史馆"《二二八事件辞典》条目撰写。《父亲与民国》出版时,台湾"国家图书馆"及中山堂曾举办父亲生平照片展,文字说明由彦博担任。因此,他对父亲的一生事业是熟悉的。此外,彦博还翻译、著述多本与历史有关的书籍。彦博阅读甚广,用功甚勤,民国史,他颇有独到见解,他对还原"二二八"事件的真相,有高度的热情。我们合作,十分愉快。

书中长文《关键十六天——白崇禧将军与二二八事件》由彦博执笔,我仅提供意见。彦博将父亲在台宣慰十六天,由三月十七日到四月二日,每天行程,所作所为,巨细无遗,通通详尽记录、分析,把父亲那十六天的宣慰工作,做了一个全面完整的叙述。因为他参照的资料:文献、档案、报章杂志,极为丰富多元。父亲的宣慰工作,因此有了具体而有深度的面貌。此外,彦博又以历史学者的眼光与高度,将父亲来台宣慰,所做出的贡献功绩,他所处极端复杂艰难的情境,他所受到的局限与掣肘,他未能达成救人一命的个案,造成的遗憾,尤其他与陈仪、柯远芬诸人你来我往,极为复杂的互动,他与林献堂、丘念台密商会谈得到的讯息与帮助,都给予极为公平可信的论述分析。

廖彦博这篇长达一百六十余页的论文,考核翔实,观照全面,有诸多前人未有的论点,有更多发掘出来的珍贵资料,是迄今为止对父亲来台宣慰这段关键历史最完整的一则文献,具有极高的学术参考价值。

书中第二部分是口述访问,由我亲自主导。我一共访问了六位人士,萧锦文、陈永寿、杨照、白崇亮、彭芳谷、粟明德,六位受访者从各种角度切入,让父亲宣慰台湾这段历史不只存于文献记载,也存在人们的记忆中,有血有肉,有其延续不断的生命。

进行这些访问时,我才深深感受到"二二八"的悲剧对受难者及其家属所造成的伤痕,有多深、多痛。六位先生都不惮其烦,接受我的访问,在此,我由衷表示感激,我想他们与我一样,也希望为寻找"二二八"真相,尽一己之力。

父亲来台宣慰,所做的多项工作中,当然拯救人命是最有意义又影响深远的功德,父亲一到台湾便以国防部长的身份,向全省军警情治人员发布禁止滥杀、公开审判的命令,对于当时被囚禁在监狱里,被关在警察局的拘留室中,甚至在被绑往刑场路上,许许多多命悬一线的人犯,父亲这道命令,如同救命符。父亲恐怕自己也没料到,他发布这道命令,会改变多少人的一生,以及他们家属的命运。

到底父亲救过多少人的性命,并没有确实数字,但从现有的口述访问资料,大致情况,可以推测出来。以萧锦文先生的遭遇为例:萧先生在"二二八"时是《大明报》的实习记者,时年二十一岁。《大明报》对陈仪政府时有批评,社长邓进益是萧先生的舅舅,也是"二二八"事件处理委员会的委员。军警要逮捕邓社长,邓闻讯躲避,当天萧锦文到报社值班,被刑警带走。在延平南路的警局里,萧被严刑拷打,灌水逼问邓社长行踪。他遭囚禁的警局地下室里,同室牢友共有一二十人。一天,萧锦文被拉出去,五花大绑,眼睛蒙布,身后插上"验明正身"的木条名牌,他被推到大卡车上,同车的有四五人,一齐载往刑场枪决。可是卡车走到一半,又折回头,返警察局,放回地下室,逃过一劫。

萧锦文后来出狱后,舅舅邓社长告知,是父亲那道"禁止滥杀,公开审判"的命令,千钧一发,实时赶到,救了他一命。我访问萧锦文时,他已八十七岁,提到这段往事,仍十分激动,他紧握住我的手,颤声说道:"是你父亲那道命令,让我多活了六十六年!"说着掉下泪来。萧锦文说,前一天拉出去的一批人,大概通通遭枪决了,而与他同车的四五人,却都逃过死劫,关在地下室的其他人，也应该免刑了。可见父亲的命令，不仅是针对单独个案，而是整批豁免的。同样的情况也发生在其他案件中。如"中研院"近史所出版的《高雄市二二八相关人物访问纪录》中，王大中案。

王大中（原名王源赶），原是高雄警察，莫名遭到逮捕后，判了死刑，心惊胆战过日子，直到父亲来台，王大中才获赦免，改为徒刑。

> 一九六六年十二月二日，白崇禧先生过世时，那时我隐名王云平，也前往祭拜，包了五百块的奠仪，其家人不知我是谁。

王大中在广场等候宣判时，另有一群被执者同时一起豁免，这也是个集体案件，免除死刑的人，人数大概不少。

台湾地区文献委员会编《二二八事件文献辑录》记载基隆市民朱丽水，二十一岁，被抓进基隆市警察局，送拘留所监禁：

> 基隆市警察局当时有十多间"牢房"，每天晚上都有五六人被捉出去，然后听到一阵枪声，出去的人就没有再回来。直至白崇禧来台后，我们才被放出来，我释放后未曾再被找过麻烦。

十几间牢房，大概关了不少人，父亲来台后，都释放了。父亲制止滥捕滥杀的命令，是通令，全省适用。当时关在牢里的死刑犯，一定有可观的人数，免于死劫者，可能有数百人之多。

一九四八年二月，父亲签呈蒋中正主席，称台湾"二二八"事件中受军法审判的人犯十三案，共三十四人，当中原判死刑者十八人，经过国防部复核之后，全部减为无期或有期徒刑，经蒋中正批示，"姑准如拟办理"。这份重要文件现存台湾"国史馆"。对那十八名死刑犯来说，父亲这道签呈，又是一张救命符了。父亲回返南京，一心还是牵挂台湾"二二八"那些涉案囚犯。

因"二二八"被判徒刑，因父亲的命令而减刑或释放的，就更多了。我的第二位受访者陈永寿先生，父亲陈长庚先生是台中地方法院的书记官，"二二八"时与法院其他文职人员，均以"叛乱"罪名逮捕，入狱半年后释放。陈永寿先生认为，是父亲命令的影响，陈长庚先生得以释放。访问时，陈永寿先生携带他全家还有姐姐陈昭惠女士一家，前来向我致意，他们是主动来找我的，就是要表达对父亲的感激。

我的第六位受访人是粟明德先生。粟明德是广西同乡，他的祖父、父亲与我父亲关系密切，父亲晚年，粟明德经常陪伴父亲聊天，谈话中，父亲也透露了一些埋藏多年的心思。粟明德证实了我的看法：父亲在台湾受到严密监控，是因为他"二二八"宣慰善后处置得当，救了许多人的性命，在台湾民众间，有崇高的声望，由此犯了当局大忌。

一九六六年十二月二日，父亲心脏病突发归真，追悼会上来祭悼者上千人，其中有许多台籍人士扶老携幼前来追念父亲。大部分人与我们并不相识，由他们众多挽联、挽诗看来，他们都借此表达感念父亲在"二二八"后来台宣慰留下的恩泽。

广西精神

——白崇禧的"新斯巴达"

建设广西模范省　一九三一至一九三七年

父亲虽以军事见长，但一向也有他的政治抱负。父亲身处于国家内忧外患、危急存亡的时代，他们那一代的爱国分子莫不以救亡图存为第一要务。中国久困于西方列强的巧取豪夺，而日本帝国主义又谋华日亟。如何振兴国家，抵御外侮，是当时有志之士苦苦思索的课题。父亲默察近世四方列强兴盛之道，他最佩服的是十九世纪普鲁士的"铁血宰相"俾斯麦，德国本为软弱散漫的邦联，而在俾斯麦执政期间，以他的强人作风，铁腕政策一举而将德意志擢升为统一强大的帝国，称雄欧洲。俾斯麦治德首要在强兵，所以德国才能成为一等军事强国，慑服邻邦。中国积弱已久，一直处在挨打的地位，父亲认为要振兴中国首在强兵，有了强大军事力量，中国才能免于亡国之危。一九三一至一九三七年，父亲领导建设广西，以广西一省为示范，实践了他的强兵之道。

事实上，父亲的政治抱负远不局促于整饬广西一省。辛亥革命成功以及北伐完成时，父亲曾二度请缨，到新疆去屯田实边，替国家巩固边防。可惜父亲拓边的壮志始终未能实现，而历史的转折迂回，却让父亲返回广西，把自己的家乡建设成二十世纪三十年代全国刮目相看的模范省，这倒是他始料未及的。

广州开府，为了表示两广合作，李宗仁以国府委员及参军处参军名义，居留广州，所以这个时期，广西事务，一概由父亲主持。如果说父亲是建设广西蓝图的总设计师，那么广西省（今广西壮族自治区）主席黄旭初便是执行者。自从黄绍竑离开广西后，他的位置便为黄旭初取代，而成了新的李、白、黄体制。

建设广西，有其内在的需要及外在的条件。"蒋桂战争"中，广西势力由数十万大军一夕间土崩瓦解，而且中央军穷追不舍，粤、滇、湘各军入侵广西，在广西境内作拉锯战，虽然最后都被李、白等率部驱逐出境，但连年战乱，用李宗仁的话，此时广西真是"疮痍满目，残破不堪"了。整顿广西，乃燃眉之急。广州开府，两广重修旧好，"九一八"事变日军入侵东北，南京政府一面穷于应付日本人，一面"剿共"频频失利，已现捉襟见肘之势，两广独立，中央无可如何，广西乃暂时解除后顾之忧。

广西地处边陲，自古远离中原政治文化中心。境内多山脉丘陵，耕地有限，当时人口约一千四百万人，汉人占百分之六十，其他少数民族成分复杂。这样一个地瘠人贫、偏远落后的地区，如何将它治理成中国一个有示范性的省份，这是当时广西领袖们卧薪尝胆，全力以赴的一个理想目标。从一九三一年"九一八"事变起，至一九三七年"七七"全面抗战，七年间，在李、白、黄等人全力以赴的推动下，广西从一个组织散漫、民智蔽塞的边陲地区，一跃而成为组织严密、全省皆兵，有"新斯巴达"之誉的模范省。抗战

军兴,李、白离开广西参加抗日,广西重归中央管辖,虽然黄旭初仍然坐镇广西,继续建设,但随即日军入侵广西,外省难民大批拥

父亲是当年建设广西的总策划者、总工程师

左:广西建航空学校,招聘德国顾问(前),右为李宗仁,父亲为中间戴眼镜者
右:父亲于广西建设时期留影

入,广西已非三十年代初的面貌。

建设广西,当时已受到国内外的注意,不少中外人士亲赴广西参观,并留下佳评。近年来,三十年代的广西又颇引起欧美及大陆学者的研究兴趣,几本研究广西建设的专书皆颇可观。剑桥大学出版加拿大学者、历史教授戴安娜·拉里所著的《中国政坛上的桂系》[1],分析桂系的政治定性,结论是桂系远超出当时中国的所谓"地方势力",实达到全国性的身份。美国学者、芝加哥大学历史博士尤金·赖维奇所著的《国民党中国的广西模式:1931—1939》[2],对三十年代的广西建设深入研究,并以李、白、黄领导的广西与同时代毛泽东的延安政府以及蒋中正的南京政府做了一个相当发人深省的比较。大陆学者群编撰、由广西师范大学出版社出版的《20世纪30年代的广西》[3],厚达九百四十八页,对于三十年代的广西建设,有详尽的记载,这本书数据丰富,颇有参考价值,其"前言"对三十年代广西建设有如此总评:

> 为了实现所谓"建设广西,复兴中国"的主张,新桂系提出了"三自"(自卫、自治、自给)、"三寓"(寓兵于团、寓将于学、寓征于募)的政策,在全省范围内开展了政治、经济、军事和文教等方面的建设。在政治上,从省以至乡村推行政、军、学的"三位一体"制,使各项政令的贯彻执行直接通

---

[1] Diana Lary. *Region and Nation: The Kwangsi Clique in Chinese Politics 1925-1937*, Cambridge University Press, 1974.
[2] Eugene William Levich. *The Kwangsi Way in Kuomintang China, 1931-1939*, M. E. Sharpe, 1993.
[3] 钟文典主编《20世纪30年代的广西》,广西师范大学出版社,1993。

达村甲阶层。在军事上，除加强正规军外，还大搞民团建设，实行所谓"全省皆兵"。在经济上，农业、工业、矿业、交通等都有了较大的发展。文教事业的进步也比较明显。特别是雷沛鸿从广西的实际出发，推行以"救亡""救贫""救愚"为目的，各种类型的国民教育，尤具特色。这些在广西史上前所未有的成就，使它取得了"模范省"的美名，为新桂系投入三〇年代后期开始的抗日战争，在组织上和人力、物力上奠定了基础，做出了贡献，受到国内外舆论的好评。

建设广西的主导思想——三民主义广西化

作为广西建设的总工程师，父亲为了动员全省民众参加建设工作，曾经马不停蹄各处演讲，倡导建设广西的原则与目标，因此三十年代，父亲留下的演讲稿特别多，其中辑成集的以《白健生先生论三自政策与广西建设》[1]为最重要。这本演讲论集，可说把建设广西的蓝图，具体而微地描绘了出来，尤其是其中父亲倡导的"三自"（自卫、自治、自给）、"三寓"（寓兵于团、寓将于学、寓征于募），成为建设广西的政策核心。

《广西建设纲领》（俗称"广西宪法"）开宗明义便提出"建设广西，复兴中国"的宗旨。李、白等人此时的言论，一再重复此一目标："建设广西"是为了"复兴中国"。李、白虽然发迹于广

---

[1] 白崇禧：《白健生先生论三自政策与广西建设》，南宁建设书店，1938。

西，但两人均曾参加北伐大业，父亲更曾效命辛亥革命，所以他们的眼光与抱负是全国性的，始终视建设广西是建设中华民国的一部分。南京政府刻意矮化李、白等人，把李、白局限于"地方势力"，定性为"地方军阀"。因此，李、白建设广西为全国模范省，也暗含跟南京政府竞赛的意思。一九三一年"九一八"事变，国难当前，广西领袖深知中日大战终不可免，建设广西，厉兵秣马，也就是为全国抗日做准备。"七七"抗战，广西动员最迅速。

《广西建设纲领》另一要旨是：建设广西是以总理孙中山的三民主义为最高指导原则，把国父《建国大纲》的理想以广西作为实验场，也就是把三民主义结合到广西的现实基础上，换言之，即三民主义广西化。父亲于一九一五年谒见总理孙中山，由是服膺国父三民主义的建国理想。父亲曾对三民主义深入研究，他认为总理提倡三民主义，号召国人推翻清朝，建立民国，三民主义当年有如此强大的号召力，可见是合乎中国国情的。后来有人逐渐对三民主义产生怀疑，是因为辛亥革命到北伐完成，国民党内一直纷争未休，国父三民主义的建国理想始终未能实践。没有一套实践的方法以及强而有力推动政策的领导群，纵有良法美意，也是徒然。因此，父亲倡导三自政策，以实行三民主义，所以他说："三民主义是三自政策的理想，三自政策是三民主义的实行。"

"蒋桂战争"，李、白等人被蒋中正领导的国民党中央开除党籍，而李、白在广西推行总理的三民主义，也就含有继承国父遗志、继续国民党道统的意义。这与台湾新党脱离国民党后，仍旧尊奉三民主义，以孙中山的信仰者自居，异曲同工。

在《白健生先生论三自政策与广西建设》中，父亲将三自政策与三民主义的关系，做了详尽的说明。自卫、自治、自给乃是实践民族主义、民权主义、民生主义的三个策略。建设广西，即是要建设一个三民主义模范省。

三自政策　首重自卫

孙中山提倡民族主义在于唤醒中国人的民族意识，推翻清朝，进一步联合世界各弱小民族抵抗西方列强及日本帝国主义的侵略，要旨还是在于富国强兵，使中国达到自卫的目的。广西建设的自卫政策，其时代背景在于"九一八"事变日本谋华日亟，广西整军，首要目的在于为抵抗日本侵略做准备工作，这是父亲等人一再强调的主题。首先，当时全国人民救亡热潮日涨，广西抗日整军，名正言顺。其次，广西连年受中央军的威胁，武化广西，全省皆兵，当然也有自保的意义。但是如何唤起广西民众敌忾同仇呢？抗日的爱国热情当然是最大的推动力。再次，父亲提倡尚武精神，他认为中国古代原本是兵农不分、文武合一的，他批评宋朝重文轻武，积弱不振，遂亡于金元。他纠正中国人"好铁不打钉，好男不当兵"的错误观念。他尊崇太平天国的革命精神，替洪杨翻案。太平天国杨秀清、石达开、李秀成等多为广西豪杰。父亲常以太平天国的悲壮激励广西人民，唤醒广西人民对自己的历史传统引以为傲。

自卫政策还基于广西的另一现实。广西素有"多匪"之恶名，向有"无处无山，无山无洞，无洞无匪"之说。陆荣廷时代，土匪与官兵尚且互相勾结，鱼肉人民。"匪患"是广西一大灾祸。父亲的自卫政策中，最重要的措施是组织民团。一九三一年冬开始，父亲将广西分为若干清乡区,派遣军队配合民团,彻底肃清匪患。广西全省从此平靖。所以自卫政策是既攘外又安内的。

三自政策,首重自卫,"自卫有成,自给与自治才得巩固"。在广西建设中,"三自"演进的程序是从"自卫"达到"自治",最后达到"自给",因此,"自卫"被规定为"广西一切建设之起点"。然而达成自卫的具体办法为何,这就是父亲提出的三寓政策。"寓兵于团是要达到兵民合一,寓将于学是要达到文武不分,寓征于募是要达到实现国民义务兵役制。"[①]

寓兵于团

广西民团是广西建设中最重要的基本组织,通过民团组织进而达到全省皆兵的整军目的。民团又同时负有军事、政治、经济、文化的多种功能,是一个全民组织(男子十八岁至四十五岁皆须入团),"广西人口一千二百万,除了老年和妇孺外,约有团兵三百万"[②],广西建设是靠民团组织来推动的。

父亲对于民团最为重视,并亲自担任广西民团总指挥。三十年代的广西民团,可以说是父亲一手训练成的。父亲一方面观察近世欧美国家富国强兵之道,如日、法、德等都是通国皆兵,实行征兵制;另一方面,他也寻找中国历史上由组织民众而达强兵之道的成

---

① 白崇禧:《三寓政策在广西的检讨——一九三七年四月二十五日对干部训练班第五期学员讲话》。

② 虞世熙:《新桂系的民团组织》,载《广西文史资料》第十三辑。

功范例。管仲治齐，给了父亲最大的启示，广西民团，可以说是管仲"轨、里、连、乡"的现代版本。管仲把全国分为二十一乡，商工之乡六，士农之乡十五。工商足财，士足兵。它的编制：五家为轨，轨设轨长；十轨为里，里设有司；四里为连，连为之长；十连为乡，乡有良人；即以此寄军令。五家为轨，故五人为伍，轨长率之；十轨为里，故五十人为小戎，里有司率之；四里为连，故二百人为卒，连长率之；十连为乡，故二千人为旅，乡良人率之；五乡立一师，故万人为军，五乡之师率之；十五乡出三万人，以为三军。轨、里、连、乡是自治组织，伍、小戎、卒、旅、军是军事组织。齐国凭借这种军政合一的严密基本组织，在管仲尊王攘夷的领导之下，一跃而成为春秋霸业的盟主。管仲名言："仓廪实而知礼节，衣食足而知荣辱。"管仲治齐这种完全务实的作风，全国兵农合一的制度，既无儒家陈义过高的理想色彩，亦免于法家过分苛刻的严刑峻法，父亲最为心仪。

广西的民团，本有其历史渊源。太平天国时期，地方人士为了自保，组织民团，但这种旧民团并无严密组织系统和严格的军事训练，且多为地方豪绅所把持，是为了少数人的利益而设立的。广西新民团成立于一九三〇年九月。当时"中原大战"结束，李、白败退广西，中央部队之滇、粤军入侵广西，当时粤军控制桂东南，滇军控制了桂西南，包围南宁，湘军又威胁桂北，广西可谓四面楚歌，其时桂军只有十六个团的兵力，不足与中央军抗衡。同月，父亲率领第四、第七两军，由柳州南进，解南宁之危，为了防范驻宾阳一带粤军支持南宁滇军，父亲乃令第一师师长梁瀚嵩返宾阳组民团，在贵宾公路伏击敌军，结果粤军果然不敢越过昆仑关以西，与滇军建立联系，父亲因而顺利击败滇军，解了南宁之围，扭转广西覆灭的颓势。

由于这次经验，父亲感到民团大有可为，如善加运用，不仅可以御匪卫乡，且可有效动员民众协助军队打仗。于是向李宗仁建议在广西省普遍建立民团，在南宁设立民团总指挥部，由父亲担任总指挥，梁瀚嵩任副总指挥。将全省划为十二个民团区，各区置指挥部，设正副指挥各一人，各县置民团司令部，设正副司令各一人，并派人到各县督率整理民团。从此，广西民团遍布全省。

广西的民团编制是以十户为甲，十甲为村，十村为乡作为标准。甲有甲长，村有村长，且兼民团后备队长。总率壮丁百人。乡有乡长，兼民团大队长，总率一千人。有些大县设区的，则区长亲兼民团联队长。假定一区有十乡，每乡有后备队一千，一区就有一万人了。这种组织类似管仲作内政以寄军令，是一种军政合一的组织。军事方面由总部到区指挥部、县民团司令部、联队、大队、中队。政治方面由省府到县政府、区、乡、村、甲。民团组织，首重基层干部训练。干部人才不但负责民团训练，而且负担国民基础教育的责任。这就是广西当局提出的"三位一体"的口号。再就是村长兼任民团后备队中队长和团民基础学校校长，乡长兼任民团后备队大队长和中等学校校长，实行"一人三长"制，使军事领袖与行政主管、学校校长合而为一。如此，既节省人员、机构的开销，又消除了政、军、教之间的不协调。这种从省到县，以至基层村、街，层层贯彻命令的严密组织，正是三十年代广西建设成功的要素。这种"斯巴达式"的民团精神，由其团歌可见一斑：

谁能捍卫我国家，惟我广西民团！
谁能复兴我国家，惟我广西民团！

> 我们有强壮的身体，我们有热烈的肝胆。
> 我们要保护民族四万万，我们要巩固国防守边关。
> 我们不曾咬文嚼字，我们只会流血流汗。
> 我们不会哀求讨好，我们只会苦干硬干。
> 流血流汗才是英雄，苦干硬干才是好汉！
> 快奋起，同志们莫长吁短叹，救亡救难，任重如山。
> 快努力，同志们，莫偷闲苟安，强国强种，惟我民团！

民团成员，不管是城市的，还是乡村的，是当官的（公务员自厅长以下），还是老百姓，都要普遍接受军训，每晨五点，均须集合参加早操。据当时一些到广西参观的人记述：

> 每晨5点钟，天明炮一声，全城市的人民皆起，学校教员、学生以及公务员，商人、工人无不起床，5点半上操场，分授军事训练，人民精神之振作真不可及也。[1]

民团组织对广西建设的贡献，《20世纪30年代的广西》一书中有如此评论：

> 30年代的广西民团，几经李、白、黄的改造与训练，在新桂系推行的政治、经济、军事、文化建设中发挥了一定的效力。在政治上，严密了新桂系的基层组织，巩固了其政权的基础，在推行清查户口、修筑道路、开垦荒地，建立国民基础学

---

[1] 五五旅行团：《桂游半月记》，转引自申晓云、李静之《李宗仁的一生》，河南人民出版社，1992，第188-189页。

校，培养自治人才，推行地方自治方面，发挥了一定作用。在经济建设方面，实行公耕，建造公林，开挖公共池塘，奖励畜牧等方面，也有所效益。在文化上，开展成人教育，减少文盲，也比清代有所进步。在军事上，经过民团训练，一般壮丁都具备了一定的军事常识和作战技能，一有战事，拿起武器可以打仗。这些都为新桂系的统治打下基础。而在抗日战争期间，广西民团也为抗击日本侵略者，为保卫国家民族的生存做了有益的事。"在卢沟桥事变之前，广西常备军仅有步兵二十个团。至淞沪战起后，三个月之内，即能出兵40余团，赴前线参加作战；且能在临淮关、台儿庄诸役，予倭寇以歼灭之打击。"

寓将于学

"寓兵于团"如果是培养兵源，那么"寓将于学"便是培养军事干部，目的是"恢复古代文武不分的风气，使社会上的知识分子，有文事兼有武备，以应付现代剧烈斗争的环境"[①]。父亲好学，熟读古籍，对现代的新知识，也有极大的兴趣，他仰慕的古代名将是孙武、吴起、诸葛亮、岳飞这种不但武略过人，并且通达文事的"儒将"。兵书上说"不知六韬三略，不可以为将""不知天文地

---

① 白崇禧：《三寓政策在广西的检讨——一九三七年四月二十五日对干部训练班第五期学员讲话》。

利,不足以用兵"。可见中国古代是文武并重的。父亲批评中国宋朝以后,文武分途,文人不习武事,武人不识翰墨的弊病,所以国家积弱不振。"寓将于学"便是要恢复文武不分的风尚。

"寓将于学"的实施政策便是各级学校的学生一律实施军事训练:国民中心基础学校(即高小)一律受童军训练,初中一律受青年军事训练,初中结业,更集中到军训总队接受严格的军训半年。高中生,第一学期也要受严格军训,其余各学期,仍有军事学术科,不过所占时间减少。大学规定有两年军训,专门学校一年半军训。因此,在初中结业的,可受三年半军训,高中六年,大专八年半或八年。受过这样军事教育的学生,遇到国家有事,便可充当中下级军事干部。女学生则受看护训练,广西总动员,妇女也是积极参加了的。

广西学生及民团军事训练,在父亲等人大力推动下,可谓雷厉风行,收到"武化广西,全省皆兵"的功效。外省入桂的人,到广西第一感受便是"到处都可听到喊口令,看到军事操演,进了广西就像进了一所大兵营"[1],于是当时便有"斯巴达化的广西"之说。

寓征于募

中国近千年来都是行募兵制,"寓征于募"便是采取渐进式由

---

[1] 五五旅行团:《桂游半月记》,转引自申晓云、李静之《李宗仁的一生》,河南人民出版社,1992,第190页。

征、募混合制而最后达到全省义务兵役制。

广西之所以如此积极武化整军,当然是由于当时国内外情势发展使然,父亲在全面抗战爆发前夕,如此警惕:

> 我们认定在国难严重的今日,必须如此,才能争求整个国家民族的生存,在这第二次世界大战将临的前夜,必须如此,才能应付国际战争。①

抗日战争,广西军队的卓越表现,也就是多年来广西军事准备的结果,那是一支受过爱国思想的政治教育,严格的军事训练,有团体纪律的军队。北伐时期广西军第七军的"钢军"传统,在抗日期间,再度发扬。

自治政策

广西建设中的"自治政策",相当于"民权主义"中的地方自治,其首要目的在澄清吏治,培养干部,也就是进入《建国大纲》中的"训政时期"。动员全省,需赖大批有热情、有理想、有干劲的干部去推动政策。于是建设广西,又以培训干部为首要。父亲特别提到宋朝王安石变法有"治法"而无"治人",新政终归失败的教训,于

---

① 白崇禧:《三寓政策在广西的检讨——一九三七年四月二十五日对干部训练班第五期学员讲话》。

是又特别创导"行新政用新人"的口号①。号召本省热血知识青年投入基层建设,招徕外省高级知识分子参加广西经济文化建设。

由于广西民团干部"三位一体"担负军、政、教育、经济等多功能的责任,工作繁重,没有献身的热情,难以胜任。"苦干、硬干、实干",便是全省党政军务部门提出的工作方针,甄选大批初、高中毕业的优秀生,进一步集训后,分发到民团以及各级政权机构中任职。这些知识青年的"新人",他们的特点是具有"丰富的活力、坚定的意志、勇敢的精神、明日的认识和健全的体魄"。这批青年干部干劲大,有抱负,又肯吃苦牺牲,成为建设广西的中坚分子。据广西统计局在一九三二至一九三三年间的调查,桂省所用人才均极年轻,各机关人员年龄在二十至四十岁之内的,占百分之八十以上。这批年轻干部,取代了以往的旧式官僚,一九三四年八月,广西一下子免除了二十余县县长职,代之以受过高等教育、肯负责任的"新人"。对于把持地方的"土豪劣绅",李、白等人毫不留情,一律清除。当时广西实行"灰布化","公务人员也是一律着制服、制帽,以灰布为主,唯所着布鞋则白底黑面,而于足背加一横带以系之,颇似女装布鞋"②。这些新干部,朝气蓬勃,俭朴勤苦,他们也就代表了广西的新形象,令人感到气象一新。

高级干部方面,"楚材晋用"是广西建设一大特色。广西将领除了李、白、黄外,唐生智部下的李品仙、叶琪、廖磊等人也临时返回广西,归队参加建设工作。但广西文化教育落后,经济、文化建设,须借重外省人才。而且"行新政用新人"正是要打破以往的

---

① 《行新政用新人》,载《白崇禧言论集》(四),全面战周刊社,1936。
② 五五旅行团:《桂游半月记》,转引自申晓云、李静之《李宗仁的一生》,河南人民出版社,1992,第189页。

乡党观念，以"行天下事，用天下人"为号召，一时也有不少外省高级知识分子，不在乎广西待遇的清苦，远来投入广西建设行列。例如参加起草《广西建设纲领》这一重要文件的，便有号称"广西六君子"的胡讷生、刘士衡、万民一、万仲文、徐梗生、朱五健——张定璠（编者按：时任上海特别市市长，小说家张系国的祖父）特别从上海延聘来桂的。父亲虽然出身军人，但本身好学，因此尊重知识，尤其是受过西方现代教育的人才，父亲特别重视。当时留学欧美，又被延揽来桂，担任要职的外省人士，有下列几位：

邱昌渭，湖南芷江人，留美，哥伦比亚大学政治学博士。出任广西省政府秘书长、教育厅厅长、民政厅厅长等重要职位。对于普及广西国民教育、强化"三位一体"基层政治建设，有重大贡献。邱为人刚正不阿，实事求是，而且一丝不苟，十分清廉，选拔人才一律采考选，考取者要受过训再看成绩，好的签呈主席任用，杜绝八行书私荐。他这种不买账的作风难免招怨，在党、政、军联席会上有人攻击他专擅，父亲极力维护："我们要奖励这种人，不能动他，人家认真办事，我们要人办事，便应给他用人行政权，分层负责，否则他就不能放手去干了。"[①]父亲一生最欣赏这种有学问而又做事负责认真的人才。

黄季陆，四川叙永县人，先后留学日、美、加，返国后曾追随总理孙中山，后应邀到广西担任民团干部学校政治部长，父亲自兼校长，这所学校是广西培养基层干部的大本营。黄季陆对总理遗教有深刻研究，擅长组织民众。抗日后，父亲推荐黄转任中央，"政

---

① 《白崇禧先生访问纪录》（下册），"中央研究院"近代史研究所，1989，第668页。

府"迁台后，黄还担任过"内政部长""教育部长"等职。

黄荣华，墨西哥华侨，留美，哥伦比亚大学毕业，学矿冶，任广西建设厅厅长，对广西经济建设，如采矿、植桐、电讯、筑路等贡献极大。

徐悲鸿，江苏宜兴人，留法，名艺术家，这时期徐游学广西，广西省主席黄旭初特设桂林美术学院，请徐当院长。

李四光，湖北黄冈人，留学英国伯明翰大学，学地质，到广西任地质研究所所长。后接马君武出任广西大学校长。

此外，还有汪士成（留德学医）当广西医学院院长，王仍之（留法，学兵工）任广西兵工厂厂长等。而广西空军重要成员如广西航空学校校长林伟成等，多为广东人，空军教官则聘请英国人及日本人。抗战时，广西空军多归中央指挥，立了许多战功，而牺牲者，十之七八。

因此，三十年代的广西建设，主要干部虽都是广西人，但也有不少外省人士参与，而且贡献颇大。广西建设成功，领导人物的精诚合作以及以身作则也是重要因素。《大公报》名报人胡政之参观广西建设后对广西领导如此评论：广西是李（宗仁）、白（崇禧）、黄（旭初）三人合作。李以宽仁胜，涵量最大；白以精干胜，办事能力最强；黄则绵密而果毅，处分政务事务极有条理。要拿军事地位来比，李当然是总司令，白可称前敌总指挥，黄则坐镇后方，保持着能进能退的坚实地位，这是广西最大的特色。因为他们三个领袖皆能用各人所长，来以身作则，把勤俭朴质、刻苦耐劳的风气，树立起来，传播到全省。

广西因为全省实施军训，所以男子不准留长发，那时李宗仁大部分时间在广东，留了个西装头，返桂前接到白电报："全省实施军训,皆不留发,钧座返桂,当必为民表率。"李返广西,果然将头发剪去。

自给政策

"自给政策"便是广西经济建设的指导原则,有"民生主义"中社会主义的色彩,"节制资本,平均地权",也是广西农村建设的基本精神,并且借鉴了河北定县晏阳初的实验以及山东邹县梁漱溟主持的"村治派"经验。结合广西当地农村的特点,父亲在《白健生先生论三自政策与广西建设》中,对农村建设,提出下列几项重要措施:

(一)设立村仓:每村设立村仓一所,累积农产品,一方面可以用低微的利率,放贷给贫苦农民,一方面可以救济灾荒。每年新谷登场,政府征收实物,各地建仓库,存储征来的稻谷,作为公产。来自私田的,自耕农缴百分之一,地主缴百分之五十。到了隔年三四月,谷价上涨,便开仓出借干谷给其他农人、工人。俟九月收获时,再加二成归还。

(二)公耕:对于公有土地,则实施公耕,利用民团力量,征调团丁,在闲暇时,进行耕作。在冬天,利用农民的休息时间,利用抛空的田地,集合民团后备队去共同耕作,收获的农产品,完全存入村仓,准备做公益之用。"村仓""公耕"增加的粮食,还大量输出到广东,以平衡广西的贸易。

(三)种桐:桐油是中国在世界上独占的市场,用于油漆防腐。广西土壤多石灰质，适于遍地种桐。黄绍竑主政广西时，曾通令全省每人每年种植桐木十株。此后广西桐油年产量倍增，至一九三七年，已占全省出口总值百分之二十三点五，凌驾牲畜、稻米，而跃居出口首位。

（四）垦荒造林：提倡植树造林，也是广西经济建设的一大项目。三十年代，广西多数乡镇、村街皆设立苗圃，为植树造林提供苗种，当时广西有众多公共林产：村有村林、乡有乡林，还有所谓"民团林""民团农场"，都是借民团后备队的雄厚人力，以"造产"为号召，垦殖而成。木材，亦是广西重要输出品之一。

（五）畜牧：广西荒地多，宜于牧畜，牲畜一向是广西出口货的大宗，因此牧畜业特受重视。广西当局在一九三三年在南宁设立兽医药液制造所和畜牧兽医养成所，由美国专家罗铎（E.A.Rodier）和菲律宾籍兽医孟高文主持，以推进现代牧畜方法。

除了农村建设外，三十年代广西的交通建设颇为省内外人士所乐道，特别是公路建设，一九三〇年时，广西公路为两千一百九十七公里，至一九三五年就增至六千四百四十五公里。其时，铁路交通也有发展，筑有湘桂、黔桂两铁路。电信（主要是电话）、河流疏通皆有引人注目发展，这些大规模建设，主要赖民团劳力的动员，所以民团也是广西经济建设的生力军。

广西教育在二十年代远远落后于其他经济发达的省份。三十年代广西大力提倡国民义务教育，以及成人教育，以扫除文盲。因为广西财政拮据，教育经费有限，因而广征庙产，改为学校，推行"一所三用"，即校舍与村卫乡镇公所、民团后备队部合用。采取强迫入学，采取儿童、成人合校分班的办法。据统计，在校学生，一九三三年的入学儿童为六十五万八千一百八十二人；一九三八年增至一百六十三万八千零四十六人，五年间增加了约百分之一百四十九。同期，成人入学人数则从四万七千六百七十一人猛增到一百三十三万七千七百六百零四人，即增加约百分之二千七百零六。

因广西建设需要建设人才，所以广西中等高等教育多以实用为主。中等学校教育除兴办普通中学外，一九三六年又开始实行国民中学体制，修业期限为四年，比普通中学短两年，校址设于农村，注重生产技术与谋生技能的训练，高等学校教育，亦多以工、农、医、师范等实用内容为主。普及国民教育，在短期间训练大批有初等中等教育的知识青年，以参加广西建设，这便是广西的主要教育目的。

一九二九年"蒋桂战争"，李、白等人几乎全军覆没，被迫流亡海外。一九三一年，开始建设广西，使李、白等人卧薪尝胆，重振声威。如果说北伐诸役中父亲展示了他的军事才能，那么建设广西便发挥了他的政治潜能。广西建设，父亲是主要推动力，许多重要理念与实践，如"三自""三寓""民团组织"，都是父亲创导的。当时广西地瘠民穷，遍地盗匪，又经连年战乱，残破不堪，如何在短短数年内，能够动员全省民众把这样贫穷落后的地区建设成为一个朝气蓬勃，井然有序的模范省，无疑是一项艰巨无比的工程。一般说来，三十年代的广西治绩是成功的，我们进一步研究这个"广西模式"，可以发现一些值得注意的特点：

"三民主义广西化"：广西建设是打着"三民主义"的旗帜来号召的，在当时当然有其政治背景，李、白等人建设广西，无异证明给南京政府以及全国人民看，三民主义，如果领导得力，实践有法，在像广西这样贫穷落后的地方，一样会实施成功。当然，建设广西，只是在精神上追随三民主义的原则，在种种措施上，则无一不是扣准广西的现实而设计的，所以是"三民主义广西化"，是一项非常务实而又极具草根性的政治、军事、经济、文化的改革，事实上，是进入二十世纪以来，广西全省首次经历的"现代化运动"。三十年代广西建设的最大意义在此：给二十世纪中国现代化运动，提出一个雏形模式，这个模式，是在三民主义的原则指导下，实施成功的。

广西财力物力贫乏，建设广西，最大的资源就是民众的力量。有效地组织民众，就是广西建设的成功之道。广西是当时最先一个省份，进行全省总动员，整军建设的。广西民团，便是组织民众的利器。值得注意的是成千上万的知识青年，下乡投入了农村基层建设，把广西农民组织了起来。当时广西人口一千二百万，除了老年和妇孺外，约有团兵三百万[①]。所以"七七事变"抗战一起，广西能在两个月内便装备了四个军，共四十八个团，开上前线，其动员之迅速，全国之冠。论者认为中国共产党取得政权，最重要的原因之一便是能够把中国农民有效地组织起来，成为一支庞大的解放军，最后卒将国民党军队击败。如果当时中国其他省份也能像广西一样武化，全省皆兵，中国则有一支莫之能御的强大军队，足以应付日本人了。

中外对"广西建设"的评价

三十年代的广西建设，引起了国内外人士的广泛注意。一时中

---

① 虞世熙：《新桂系的民团组织》，载《广西文史资料》第十三辑。

外人士，络绎不绝到广西参观。不少人撰文评述，抒发观感，多持肯定之词，如胡适、徐悲鸿、胡政之、张君劢、晏阳初等以及欧美各界，如美国《纽约时报》记者亚奔特和安林汉，在访问广西之后，曾以《中国的模范省——广西》[①]为题撰文，广西一时声名大噪。

胡适于一九三五年一月到广西游历了两个星期，参观了不少地方，他在《南游杂忆》"广西的印象"中记录这些评论：

> 这一年中，游历广西的人发表的记载和言论都很多，都很赞美广西的建设成绩。例如美国传教家艾迪博士（Sherwood Eddy）用英文发表短文说："中国各省之中，只有广西一省可以称为近于模范省。凡爱国而具有国家的眼光的中国人，必然感觉广西是他们的光荣。"这是很倾倒的赞语。艾迪是一个见闻颇广的人，他虽是传教家，颇能欣赏苏俄的建设成绩，可见他的公道。他说话也很不客气，他在广州作（做）公开讲演，就很明白的（地）赞美广西，而大骂广东政治的贪污，所以他对于广西的赞语是很诚心的。
>
> ……
>
> 广西给我的第一个印象是全省没有迷信的，恋古的反动空气。……
>
> ……
>
> 我们在广西各地旅行，没有看见什么地方有人烧香拜神

[①] 《中国的模范省——广西》，《纽约时报》远东特约访员专著《中国的命运》节译，转引自申晓云、李静之《李宗仁的一生》，河南人民出版社，1992，第195页。

的。人民都忙于做工,教育也比较普遍……

…………

广西给我的第二个印象是俭朴的风气。一进了广西境内,到处都是所谓"灰布花"。……都穿灰布的制服……

……提倡俭朴,提倡土货,都是积极救国的大事……

…………

广西给我的第三个印象是治安。广西全省现在只有十七团兵,连兵官共有两万人,可算是真能裁兵的了。但全省无盗匪,人民真能享治安的幸福。……

……近年盗匪肃清,最大原因在于政治清明……民团的组织又能达到农村,保甲的制度可以实行……

在这里,我可以连带提到广西给我的第四个印象,那就是武化的精神。我用"武化"一个名词,不是讥讽广西,实是颂扬广西。……

…………

……我们在广西旅行,不能不感觉到广西人民的武化精神确是比别省人民高的(得)多,普遍的(得)多。这不仅仅是全省灰布制服给我们的印象,也不仅仅是民团制度给我们的印象。我想这里的原因,一部分是历史的,一部分是人为的。……

胡适接着解释:

一是因为广西民族中有苗、猺、獞、狪、狑、猓猓(今日官书均改写"徭,童,同,令,果果")诸原种,富有强悍的生活力，而受汉族柔弱文化的恶影响较少。（广西没有邹鲁校长和古直主任，所以我这句话是不会引起广西朋友的误会的。）一是因为太平天国的威风至今还存留在广西人的传说里。一是因为广西在近世史上颇有受民众崇拜的武将，如刘永福，冯子材之流，而没有特别出色的文人，所以民间还不曾有重文轻武的风气。一是因为在最近的革命战史上，广西的军队和他们的领袖曾立大功，得大名，这种荣誉至今还存在民间。一是因为最近十年中，全省虽然屡次经过大乱，收拾整顿的工作都是几个很有能力的军事领袖主持的。在全省人民的心目中，他们是很受崇敬的。……广西学校里的军事训练，施行比别省早，成绩也比别省好。……中央颁布的兵役法，至今未能实行，广西却已在实行了……

最后胡适感慨道：

我们真不胜感叹国家民族争生存的一线希望是在这一辈武化青年的身上了！

胡适是当时自由派知识分子的领袖，而对于有"新斯巴达"之称武化的广西却寄予这样大的希望，当然是由于当时国难当前，中日大战迫在眉睫，而胡适看到广西上下一心，朝气蓬勃，广西青年士气高昂，对于抗日救国的大业，乃寄予厚望。其他不少知识领袖，也有同感。

名画家徐悲鸿这样说：

> 广西治安良好，建设猛进，风景优美。实为最合美术家修养之环境，治安一点，尤为难得！故本人到桂之动机，实不自今始。
>
> 此次来桂，踏入桂境，已深觉广西民众学生，民团军训之朝气蓬勃，精神振奋，对于复兴民族，实有把握！[1]

天津南开大学教授、后来成为民盟（中国民主政团同盟）领袖的罗隆基到广西演讲说：

> 兄弟从未到过南宁，但从各方面得知广西之政治建设都好；因此希望广西弄好之后，仍要推及去把全中国弄好；以至使外国人称誉广西好，而推至称誉中国好。[2]

一些外国人士对于广西建设也给予了高度的评价。

"国联"远东调查团团长李顿（Sir Robert Lytton）"九一八"事变后到中国调查日本侵华事件，对于广西的民团组织，他如此称赞：

> 假如中国有两省像这样干去，日本就不敢侵略满洲了。[3]

美国石油大王洛克斐洛（洛克菲勒）基金会代表耿士凯（Selskar M.Gunn）：

---

[1] 节录自 1935 年 11 月 4 日在南宁广西省党部扩大纪念周演讲，转引自赖彦于《广西一览》，南宁：广西印刷厂，1935。
[2] 节录自 1935 年 6 月 10 日南宁《民国日报》，转引自赖彦于《广西一览》。
[3] 1932 年过港时听顾维钧翻译《广西民专政策》后言，转引自赖彦于《广西一览》。

> 今天来到广西，非常喜欢！因为罗先生基金在中国协助者，今天将注重中国之农村建设事业，而广西政府正注重农村建设，且有优良的进行计划；广西比欧洲前途实为远大，因欧洲方面，正准备战争，做着各种破坏工作，广西则在进行建设，照广西政府的理想与计划，已见诸实行。这不但是广西的幸福，亦即中国的幸福。①

日本日日新闻社特派记者：

> 广西现政府与全省人民，都努力实行精神的革命，组织民团军，向改善全省人民生活，提高向上精神，肃正纲纪，巩固国防等等的目标勇猛前进。……广西除了有二三万正式军队之外，又加以过去二三年间被组织训练过的民团，约有三十万人，所以广西比之其他省之复兴精神，可夸中华民国全国之冠。②

外国人中对广西建设说得最恳切的，还是胡适文中所提到的美国人艾迪博士：

> 在余所经历各省中，四川最富于天然物产，而政治最为腐败；广西最贫而政治最为优良。予在离别中国时，得见一新中国之曙光，心可安然而无遗憾矣！

---

① 节录自1935年10月13日对梧州公务员之演讲《广西的建设与中国》，转引自赖彦于《广西一览》。
② 节录自1934年11月25日南宁《民国日报》转载日本《新闻报》中的《中国模范省视察记》，转引自赖彦于《广西一览》。

> 广西在十年内，不难成为中国之丹麦也。……若杂处民间而随处可闻人民讴歌官吏之德政者，我惟于广西一省见之。……予觉广西有许多政治与苏俄现正次第实行者相同，惟广西之实行此种政治，并不假手于苛暴之独裁耳。
>
> 在中国各省中，在新人物领导之下，有完备与健全之制度而可称为近乎模范省者，惟广西一省而已！凡中国人之爱国具有全国眼光者，必引广西以为荣！①

一九三一年"九一八"事变后，两广修好，广州开府，南京中央政府对广西虽然没有再用兵，但压力并未稍减，一直到一九三七年全面抗战前夕，并无真正私解之意。在政治上，广西一直被视为地方势力的"异端"。但广西在李、白、黄等人的领导下，励精图治，在短短几年间，从一个落后的边陲地区，一跃而成为中外众口交誉的模范省，尤其当时自由派知识分子领袖如胡适等人，更把新广西视为中国未来的希望，这不能不说是李、白等人突破南京政府政治上打压的一个胜利。他们喊出的口号"建设广西，复兴中国"是得到广大回响的。

三十年代广西在中国近代史上的历史意义，芝加哥大学学者赖维奇教授所著《国民党中国的广西模式：1931—1939》一书中，有十分精辟的研究，他在结论中对三十年代的广西下了如此断语：

> 三〇年代的广西政府，在多数方面，可称为一个贤明政府。广西政府平靖匪乱，其动员群众、村仓、水利、筑路、减

---

① 节录自1935年2月27日上海英文《大美晚报》中的《中国有一模范省乎》，转引自赖彦于《广西一览》。

租减息等政策，稳定并改善了农村经济，全面实施儿童及成人国民教育，付出代价颇低，发展省内工业，并设立政府管辖之销售及收购机构，平衡了贸易赤字。广西政府创立一个廉洁勤勉的行政系统，组成了一支纪律严明、训练有素、具有爱国思想的军队，参加抗日战争，并成立地方自治机构，广布地方自治思想。无庸怀疑，广西比当时中国其他多数地区治理得要好。

赖维奇教授在他的书中，把三十年代广西当作一个建设中国的政治模式来研究，并与当时同时存在的蒋中正领导的南京政府、毛泽东领导的延安政府做了一个比较，他认为南京中央政府最后在大陆崩溃其中几个主要原因，一是未能将政府组织深入农村，二是未能有效创立民众组织，再则未能铲除贪污腐败。而当时广西及延安政府成功的要素之一即是应用政府机构及民众组织有效地动员了人民，他结论道：

> 最后，我想广西及延安政府的成功有赖于各自领导人的素质。桂系领袖及延安时期的中共领导人都表现了高度的爱国热情、行政效率及清廉作风。而两者的领导人都坚持他们的部属以及他们领导的政府与他们有同样的美德。……共产主义的思想吸引来一批爱国家、肯牺牲、同情穷人的人。李宗仁的三民主义亦有同一功效。而蒋介石的三民主义却被一群趋炎附势、贪官污吏、无能渎职的人腐化了，蒋本人的个性作风妨碍他消除这些败类。虽然有不少优秀人士任职于中央政府及其军队，但也有为数不少的优良人员却离开政治或另投新主了。只要拿广西与延安的征兵制度与中央政府征兵拉夫的恐怖行为做一比

较,便明白为什么蒋的政府会失败了。在广西与延安,不管出于自愿与否,领导与民众打成一片。而蒋介石在南京或在重庆的政府却一直停留于孙中山所说的"一盘散沙"的状态。蒋介石最终在台湾把这个错误改正了。虽然在那里起头也不很顺利。①

赖维奇在书中多处比较广西与延安,两个政府的有些措施的确有相像的地方:深入农村、土地改革、动员民众、训练民兵、培养廉俭的干部,两个政府所处都是偏僻落后的地区,而且常常受到南京中央政府"剿灭"的威胁。但两处政府也有基本上的差异。广西政府信仰孙中山的三民主义,广西的农村改革是一种减租减税村仓公耕等的温和改革,有打击"土豪劣绅"抑制地方恶势力的措施,但没有斗争地主的方式。其经济建设是沿民生主义中的社会主义公私混合制。赖氏更进一步阐释,桂系宣称他们创建了一个模范省,一个理论及实践都颇为成功的建设模式,如果其他省份甚或中央政府也效法广西,那么中国便可免于外侮,并且会跻身于现代工业化、社会主义化、觉醒的民主国家之列了。桂系把广西视为中国的缩影,如果广西能够改革成功,那么中国也有可能成功。

国民党政府在大陆崩溃了,为什么桂系也跟着一起失败了呢?赖维奇认为最简单的答案就是,抗日期间,桂系在广西的统辖权逐渐让渡予中央政府,而战后,中央政府受到猛烈攻击时,李宗仁的政治生涯逐渐上升,由副总统而到代总统,但李的悲剧辄为他任代总统时,国民党政府已经被决定性地打败了,已经无法用三民主义

---

① 赖维奇:《国民党中国的广西模式:1931—1939》,第257-258页。

来解决中国问题了。桂系失败，因为他们还是受制于蒋介石手下的中央政府，他们没有一展身手的自由。

桂系在北伐、抗日期间虽然在战场上曾立大功，但作为国民党的一个支流旁系，事实上一直未能真正进入国民党权力核心，国民党中央政府在蒋中正氏领导下，渐由黄埔军系、江浙财团、军统中统、CC系①、政学各派系根结盘固，形成了南京政府的特殊政治文化，桂系李、白等人治理广西那种"实干、硬干、苦干"，"斯巴达式"的勤俭作风，与南京政府的政治文化一直方枘圆凿，格格不入。虽然一九四九年国民党在大陆最后一年，蒋氏下野，李宗仁以代总统入主南京政府，但为时已晚，一切改革都已太迟。何况蒋氏退而不休，李宗仁处处受到掣肘，一筹莫展。最后桂系随着整个国民党在大陆的崩溃也就烟消云散了。

一九三八年抗战期间，父亲代李宗仁统率第五战区，指挥武汉会战达五个月。武汉撤退时，父亲经沙市、常德拟返长沙，途中座车机件故障，恰巧周恩来乘汽车随后赶至，乃坚邀父亲同车至长沙。周时任政治部副部长，周恩来与父亲相谈颇多，从他早年在南开念书，留法经过，以至国共合作、抗战等。父亲听其谈吐，知其学识丰富，乃笑对周恩来道："你们（共党）未到我们广西，我很感激！"周回答："你们广西做法，像民众组织，苦干穷干之精神，都是我们同意的，所以我们用不着去。"②可见中共对广西建设，也是有所认识的。

但正如赖维奇教授所指出，三十年代的广西建设，有其重要的

---

① 中国国民党内以陈果夫、陈立夫为首的派系。——编者
② 《白崇禧先生访问纪录》（上册），"中央研究院"近代史研究所，1989，第202页。

历史意义。因为广西建设提出了一个政治、军事、社会、经济、文化建设的成功模式,而这个模式又是以三民主义为号召的,如果这个模式有机会推广全国各省,三十年代的中国也许有可能一跃而成为军事强国而朝着现代化方向迈进。因为像共产党推动的民众组织、农村改革等等,广西也在实行。广西建设最令人瞩目的当是短期内能够武化建军,全省皆兵,但广西尚武没有轻文,广西政府招徕为数不少的外省留学欧美日的高级知识分子参加经济文教建设,而且训练出大批知识青年充当初级干部,同时又大力发展国民教育,这种注重知识、信赖知识分子的政策对广西现代化将起决定性作用。台湾五十年代开始的"三七五减租"、"耕者有其田"、民众义务教育、学生实施军训、服义务兵役等等措施,广西在三十年代早已实行。可见只要领导得方,有决心,有计划,三民主义的理想是可以实现的。

广西建设成为当时的模范省,父亲是颇引以为傲的,那六七年间,父亲全省奔波,旰食宵衣,推行他的"三自""三寓"政策,论者形容他的行事作风"雷厉风行,不容阻挠""剑及履及,言出必行"。父亲这种坚决果敢的领导及贯彻始终的执行,是广西建设成功的要素之一。参加广西建设的中高级干部,多年后在台湾谈到他们当年胼手胝足、开发八桂的盛事,犹感与有荣焉。

父亲归真

一九六六年十二月二日，父亲因心脏病突发逝世，医生研判，是冠状动脉梗死。二日一早，父亲原拟南下参加高雄加工区落成典礼，参谋吴祖堂来催请，才发觉父亲已经倒卧不起。前一天晚上，父亲还到马继援将军家中赴宴，回家后，大概凌晨时分突然病发。

当时我在美国加州，噩耗是由三哥先诚从纽约打电话来通知的。当晚我整夜未眠，在黑暗的客厅中坐到天明。父亲骤然归真，我第一时间的反应不是悲伤，而是肃然起敬。父亲是英雄，英雄之死，不需要人们的哀悼，而只令人敬畏。父亲的辞世，我最深的感触，不仅是他个人的亡故，而是一个时代的结束。跟着父亲一齐消逝的，是他身上承载着的沉重而又沉痛之历史记忆：辛亥革命、北伐、抗日、国共内战。我感到一阵坠入深渊的失落，像父亲那样钢铁坚实的生命，以及他那个大起大落、轰轰烈烈的时代，转瞬间，竟也烟消云散成为过去。

父亲在台湾归真，是他死得其所。他一生奋斗，出生入死，身后葬于台北六张犁的回教公墓，那是他最终的归宿。

一九四九年十二月三十日，父亲由海南岛海口飞到台湾，那正是大陆易手、天崩地裂的一刻，疑危震撼，谣诼四起，许多人劝阻父亲入台，认为台湾政治环境对父亲不利，恐有危险。当时父亲可以选择滞留香港、远走美国甚至中东回教国家，但他毅然到台湾。用他的话说，这是——向历史交代。

当时朝鲜战争未起，共军随时可以渡海，在台湾的中华民国政府正处于险境环生的形势，父亲入台，就是打算要与中华民国共存亡。父亲参加过武汉辛亥革命，缔造民国；北伐打倒军阀，统一中国；抗战抵抗外敌，护卫国土；国共内战，父亲由武汉战退到南宁，与共军打到不剩一兵一卒。入台与共患难，是父亲当时唯一的选择；流亡海外老死异国，对他来说是不可思议的。他当然了解国民党的政治文化，亦深知他入台后可能遭遇到的风险，但他心中坦荡，回台湾，是向"中华民国政府"报到归队。

他在台湾的晚年过得并不平静，没有受到一个曾经对国家有过重大贡献的军人应该获得的尊重。父亲并未因此怀忧丧志。在台湾，他于逆境中，始终保持着一份凛然的尊严，因为他深信自己功在"党国"，他的历史地位，绝不是一些猥琐的特务跟监动作所能撼摇。最后他死在台湾，是他求仁得仁。台南天坛重修落成，他替郑成功书下"仰不愧天"的匾额。综观父亲一生，这四个字他自己也足以当之。

父亲出殡那天，在市立殡仪馆举行公祭，典礼仪式庄严隆重。出殡行列，由摩托车队开路，随后为军乐队及仪队，灵车经过时，路上很多军人均向灵车举手敬礼。父亲灵榇于十二时二十分运抵六张犁回教公墓，按回教仪式下葬。回教教长领导数百位回教教友共同在墓前为父亲祈祷。

这次公祭，军人特别多，上至将官，下至士兵，在祭拜中对父亲都表达了一份由衷的崇敬,这也是因为数十年来父亲在军中建立的威望所致,父亲被尊为"当代最杰出战略家",诸葛盛名,并非虚得。

前来祭悼的,还有不少本省人士、台籍父老,很多与父亲并不相识,携幼扶老,到父亲灵堂献花祭拜。由他们大量的挽联、挽诗中得知,他们前来吊唁,是因为感怀父亲在"二二八"事件善后措施中,对台湾民众所行的一些德政。

公祭各方送来的挽联、挽诗、挽额、诔词,有数百帧,多是父亲的军中同僚、部属撰写的,下论都很公允,有的真情毕露,十分感人。父亲归真,深深触动了他们的家国哀思,八方风雨一代名将遽然长逝。但我在这里特别挑选出严庆龄先生的挽联,作为代表。严庆龄先生是从上海到台湾的企业家,裕隆汽车集团的创办人,他并非军政界人士,跟父亲并无私交,平日也无往来,但严先生那一辈的人经过北伐、抗战,对父亲的人格及事迹是有所认识的。

严庆龄先生的挽联,很能代表他那一代的中国人对父亲的评价:

治兵则寒敌胆,为政则得民心,秉笔记宏猷不让汾阳功业
于党国矢忠诚,于顺逆能明辨,盖棺昭大节无惭诸葛声名
——严庆龄敬挽

一九六六年十二月九日,父亲丧礼公祭在台北市立殡仪馆举行。上午七时五十分,蒋中正抵达殡仪馆灵堂,第一个向父亲灵前献花致祭。蒋面露戚容,神情悲肃,当天在所有前来公祭父亲的人当中,恐怕没有人比他对父亲之死有更深刻、更复杂的感触了。

一九六六年十二月九日，在台北市立殡仪馆举行父亲的丧礼公祭

蒋、白之间，长达四十年的恩怨分合，其纠结曲折，微妙多变，绝非三言两语说得清楚。

父亲与蒋中正四十年漫长的关系，分合之间，要分阶段。

一九二六年北伐，广州誓师，蒋中正总司令三顾茅庐，力邀父亲出任国民革命军参谋长，并兼东路军前敌总指挥，一路北上打到山海关，最后完成北伐。这个时期，可以说是蒋、白两人共同打天下的阶段。

一九二九年北伐甫结束，突然爆发"蒋桂战争"，广西与中央对峙七年，蒋、白分离。一九三七年"七七事变"，全面抗战开始，蒋委员长派专机至广西将父亲接到南京，任命父亲为副参谋总长，并肩八年全面抗战，得到最后胜利。抗战时期，蒋对父亲颇为倚重，重要战争如"台儿庄之役""三次长沙会战""昆仑关之役"等，莫不赋以重任。

抗战胜利后，蒋中正主席任命父亲为第一届国防部长。可是，国共内战后期因父亲助李宗仁选副总统，蒋、白之间又出现了嫌隙。一九四八年底至一九四九年初之"徐蚌会战"及其"后遗症"，更因两封吁请国际调停的电报，蒋、白关系濒临决裂。

在台湾十七年，蒋中正与父亲的关系，始终没有完全修复。

持平而论，蒋中正对父亲的军事才能是深有所知的。在国家安危的关键时刻，蒋往往会派遣父亲前往解决困难：如指挥"台儿庄之役"，督战东北，"二二八"事件赴台宣慰，等等，都显示蒋对父亲的器重。但蒋中正用人，对领袖忠贞是首要条件，可是父亲个性刚毅正直，不齿唯唯诺诺，而且有关国家大事，经常直言不讳，加上父亲的"桂系"背景，蒋对父亲的忠贞是有所疑虑的，并不完全信任。

事实上，父亲一直是蒋中正的最高军事幕僚长，扮演着襄赞元戎的角色，绝对无"取而代之"的僭越之想。李宗仁选副总统，父亲最初是强烈反对的。"徐蚌会战"，国军溃败，蒋中正下野，李宗仁代总统，那也是大势所逼。事实上，当时党政军的资源还是由蒋掌握，他自己不引退，没有人能够强迫他。"逼宫"之说，并非事实。父亲一生把国家利益放在最前面，当时国民党政权危在旦夕，父亲才"不避斧钺"上书蒋中正，提议敦促美、英、苏三国出面调解和平。

现在台湾及大陆一些人论及父亲与蒋中正的关系，往往喜欢夸大两人之间的矛盾，而且把矛盾变得琐碎。其实蒋、白两人之间的一些冲突，首先在二人的个性，二雄难以并立，两个强人相处，冲撞势必难免。而且古有明训："勇略震主者身危，而功盖天下者不赏。"其次，是两人在国家政策方面意见分歧时起的冲突。比如"徐蚌会战"，蒋中正与父亲在这一极重要战役上，出现激烈争执，前后因果，使两人关系产生难以弥合的裂痕。但论者往往忽略了，蒋中正与父亲也曾有过长期紧密合作而得到良好结果的关系，父亲在北伐、抗战中所立的战功，亦是蒋充分授权下得以完成的。蒋中正与父亲分合之间的关系，往往影响国家的安危，他们两人在国共内战期间，军事策略上未能同心协力、合作到底，是一大遗憾。父亲曾感叹过："总统是重用我的，可惜我有些话他没有听。"他所指的，大概是他对某些重大战役的一些献策吧。

楚汉相争，大将韩信替汉高祖刘邦打下天下，功高震主，鸟尽弓藏，兔死狗烹，为吕后、萧何设计残害于长乐宫。《史记·淮阴侯列传》记载高祖"见信死，且喜且怜之"，这是太史公司马迁对人性了解最深刻的一笔。君臣一体，自古所难。

女英雄
——我的母亲马佩璋女士

母亲马佩璋女士,生长于官宦之家,外祖父马维琪出身科甲,任兴安县令。母亲是长女,有一位亲弟弟,还有两位庶出的弟妹。外公独宠母亲,视她为掌上明珠。据说母亲未出阁时,马大小姐的襟上便挂了一串钥匙开始掌家,外婆坐在牌桌上是不管事的。母亲很年轻时就展现了她独当一面、拿得起放得下、巾帼不让须眉的气魄。小时候,母亲的祖母要缠她的足,母亲脚痛,便去踢祖母的房门,闹得全家人依她为止。从小母亲就是一个不甘受拘、绝不屈服的人。她读过几年私塾,可是舅舅说她不爱背书,不喜欢私塾那一套老规矩。后来母亲又进了新式学堂——桂林女子师范,还去参加学生游行,她的奶娘提了水壶跟着她一起走,怕大小姐中暑。母亲处于一个新旧交替的时代,她接受新思想,但遵从旧道德。母亲绝不守旧,但她教导我们的,还是中国人那一套基本做人的法则。

是母亲这种乐观进取、勇敢无畏的个性,才经得起日后跟随父亲经历惊天动地、一波又一波的历史考验。我们一家几十口,母亲是家中擎天一柱。

一九二五年二月十四日，母亲下嫁父亲。母亲二十二，父亲三十二，两人相差十岁。外公会相法，他看中父亲日后有宰相命，才肯把自己的掌上明珠嫁给一位青年军官。马家大小姐出嫁，当年是轰动桂林城的一件大事。按习俗，新娘上花轿前，照例要痛哭几声表示舍不得娘家，母亲的四姑赶在后面掐了母亲几下，她还是哭不出来。她刚吃完奶娘特别为她炖的一只鸡。母亲一生不耐虚礼，从不做作，完全是个真情真性的人，到了老年，还是保持一颗赤子之心。这是母亲最可爱可贵的地方，她是个"真人"。

母亲自从嫁给父亲后，就没有过几天太平日子。婚后才八日，父亲便赴柳州迎战入侵的云南军，而广西老派军阀沈鸿英却乘隙进入桂林城，把外公一家捉去当人质，母亲躲在德国医院的地窖里才

左：二十世纪二十年代，母亲结婚不久
右：二十世纪三十年代，母亲怀抱大哥先道

躲过一劫。

婚后第二年,北伐开始了,母亲跟随父亲由南打到北。一九二七年,"宁汉分裂",孙传芳军队反扑,父亲指挥北伐著名的"龙潭之役",击溃孙部。母亲在上海听到父亲在南京阵亡的错误消息,与表哥海竞强开车赶往南京。路上遭遇乱兵围车,母亲下令表哥:"开枪!"两人还要爬战壕才冲过封锁线,头上的流弹满天在飞。到南京见到父亲,父亲大吃一惊,说:"你怎么到这里来了?"多年后,表哥提起这段往事,还竖起拇指称赞母亲:"女英雄!"两三年间,母亲从一位金枝玉叶的千金小姐,经过战火的锻炼,已经转变成一位经得起风浪的军人之妻了。

一九二九年,北伐刚完成,"蒋桂战争"爆发,父亲仓皇乘船从天津离走,来不及携同母亲。母亲闻知后,连夜雇车,怀中抱着在武汉出生的大姐先智,在大雪纷飞中赶到塘沽,乘船逃到香港。同年中央军攻打广西,父亲与母亲流亡海外,到安南(即越南)河内避难去了。母亲命运的起伏,跟父亲的一生荣辱,息息相关。

父亲与母亲结婚时,比母亲大十岁,而且又娶到一位娇贵的官家小姐,一开始他对母亲就有一份特别的爱怜。又由于母亲性情果敢、气度大方,并非一般女流,对外,跟随父亲患难与共,对内,养育十个儿女,还要照顾七亲八戚,庞大家族一手撑起。父亲对这样一位相夫教子的贤内助,多少也存有几分敬畏。父亲在外统领百万大军叱咤风云,回到家里,那就是母亲发号施令的领域了。

母亲识大体,明大义,她甘于做个家庭主妇,十个儿女就是她的人生目的。对于父亲的公务,她谨守本分从来不去碰触。有几次,广西各界要她出来担任"国大"代表、妇女代表,母亲拒绝。她知道这些公职加到她身上是因为父亲的关系,并非由于她本身的资格赢得，她不要。这就是马佩璋女士，她是个很有骨气的人。这也是父亲尊敬她的地方。

北伐后，母亲回到桂林，此后十多年间，一直留在广西，这是她一生中比较安稳顺遂的时期。

母亲在桂林风洞山的脚下，东正路上，经营了一个家，一幢两层楼的洋房，一大片花园，园中百花齐放，屋后有风洞山做屏障，景致甚佳。

可是好景不长，日军攻进桂林城，全城火海一片，家园也毁于一炬。父亲在前线打仗，母亲率领白、马两家八十余口，祖母九十，外婆七十，小弟先敬还在襁褓中，搭上最后一班火车，离开桂林，加入那浩浩荡荡抗战史上有名的"湘桂大撤退"。火车挤满了难民，顶上也坐满了人，因为过载，火车行动缓慢，日军紧追在后，大家胆战心惊。火车过山洞，有的难民竟被洞顶突兀的岩石刮下车来，身首异处。外婆的妹妹光亚姨婆，火车停站时领着孙子下车去买食物，哪知回来竟挤不上车，火车一开，祖孙两人竟被撂下，不知所终。火车走走停停，开了一个月，才抵达贵阳。最后到重庆时，很多人头上都爬满了虱子，因为很久没有洗澡了。

八年艰苦的岁月终于熬过去了。抗战胜利来临，国民政府还都南京，这是全国人民最欢欣鼓舞的一刻。我们全家也跟随政府回到南京。打仗的时候，我们全家十二口人很少能聚拢在一处，趁着胜利，父亲把一部分在上海念书的兄姐召唤到南京，合拍了一张全家福。当日，父母亲亦合影，于南京大方巷家中，父亲时任国防部长，这是两人最严肃的一张合照，大概两人都感到这辛苦得来的胜利，其沉重的意义。

国家的命运变了，国民党的命运变了，当然，父亲、母亲的命

第一辑　八千里路云和月——家国情怀

一九四四年，桂林，母亲、先勇、先诚、先明

"七七"抗战第九周年纪念日全家在南京团聚
前排：先勇（左一）、先敬（左二）、母亲（左三）、先忠（右一）、先刚（右二）、父亲（右三）
后排：先明（左一）、先慧（左二）、先智（左三）、先诚（右一）、先德（右二）、先道（右三）

运也跟着有所起伏。母亲在台十三年，父亲十七年，是他们所处的最长的一段逆境。他们两人在大陆阅历过不少大场面，北洋军阀、日本人等，都是一些排山倒海而来的大风大浪，他们都顶住了，有时还发功，一掌把浪头推了回去。到台湾之后，表面上过的是承平日子，礼数也还顾到，但是暗地里却有一组特务人员，如影随形，二十四小时到处跟踪。这是件极可悲的事情。国民党领导国民革命军，曾经打倒北洋军阀，打败日本军队，即使败给共产党，也算磊落，怎么到了台湾反而变得如此小气起来，要用特务去监控一位身经百战的老将军。

疾风知劲草，板荡识忠臣。难为父亲、母亲两位强人，在台湾岁月里，始终都保持着一份不卑不亢、雍容大度的尊严。

二十世纪五十年代，松江路还是台北市的边陲地带，路中央是碎石子，只有两旁铺有柏油。那一带都是一排排木造屋，好像是临时盖起来的公务宿舍。我们家松江路一二七号是两幢房子打通合成的。因为人多，单栋不够住。依我们家当时的经济情况，大概可以住进一幢比较像样的房屋的，那时台北的房价还很低。但父母亲一向不很讲究摆场面，大家一起克难，也就无所谓了。在这间木造屋里，父母亲在台湾度过了他们的晚年。

这栋木造屋，给我们留下许多记忆，克难岁月，也有温馨的时刻。有一年强烈台风过境，倾盆大雨，一早我去母亲房中探视她，发觉她端坐在床上，地上摆满面盆、铅桶，原来我们那间木造屋，抵挡不住台风的侵袭，开始漏水了。母亲看我进来，指了一下屋漏，放声哈哈笑起来。我看见这个场景，也忍不住跟着笑了。是母亲的朗笑声，把在逆境中遭受的一些不愉快，驱逐得一干二净。

广西人有一句话"冇有怕"，不要怕，就是天不怕、地不怕的意思。广西兵会打仗,喊一声"冇有怕!"就冲锋上阵了。父母亲就凭着"冇有怕!"这股广西精神,渡过一生大大小小的难关。在台湾,虽然四周时有无形的压力,但两人仍旧抬头昂首,"冇有怕"!

一二七号家中的小园子里,父母亲种植了许多盆栽,有不少人家送的素心兰,但也种了一些多刺的仙人掌。

母亲养育十个儿女,一生操劳,又经过许多颠簸离乱,晚年健康受损,患了高血压症。母亲一向不喜官场酬酢,到了台湾,环境改变,台湾官场中的虚情假意,她更加不耐了。除了每年一次蒋夫人宋美龄的宴请外,其他官方应酬,她都托病一概推辞。母亲甘于淡泊,她是冬日里的"傲霜枝"。

母亲所到处,都会带来阳光与温暖,也同情弱小,喜欢雪中送炭。

大伯妈有六个儿女,独独嫌弃桂英五姐。因为桂英倔强叛逆,常常挨打,母亲看不过去,把桂英接到我们家,一直养育到大学毕业,跟我们一样待遇。

有一回,一位晚辈来我们家松江路一二七号探望母亲,晚辈的父亲从前在大陆是一位高官,声势显赫,上海家中派头很大,出入座车是凯迪拉克,后来政治上受了打击,家势一落千丈,在台湾过得相当拮据。晚辈骑着一辆旧脚踏车来,颠颠簸簸,满头大汗,而且还怀了孕。母亲看着不忍,抱了她一下,说道:"妹妹,你怎么怀了孕还骑脚踏车呢?"说着掉下泪来。母亲怜惜那位家道没落的官家千金,也同情他们家的遭遇。

母亲有时很有幽默感。公家派给父亲的座车,是一部老得不能再老的道奇,开起来摇摇晃晃,父亲就是坐这部老道奇"摇"着去上班的。后来各个单位换车了,偏偏父亲这辆老道奇迟迟没有换,连我们的司机陈义方都开始咕哝了,他认为开这辆老道奇夹在总统府其他新车里挺没面子。后来终于换了一辆美军留下的雪佛兰，是新款式，座盘低，车门矮。有一次父母亲坐这辆雪佛兰出去，母亲俯首钻进车门后，回头向父亲笑道："老太爷，我还是喜欢我们那部老爷车，进车门不必低头！"说完两人相视呵呵大笑。

母亲爱看京戏，常看顾正秋剧团的演出。有一次，父母亲带我们一同去文艺中心看张正芬的《红娘》。那晚大雨滂沱，寒风恻恻，我们的座车刚停在戏院门口，后面那辆跟我们共存了很多年，车牌15-5429的黑色吉普车就跟了上来，车上的三个人，在寒风冷雨中缩在车内，没有下车。母亲往车外瞥了一眼，叹道："真是辛苦了他们！"她对我说："你去买几张票，请他们一起到戏院里看戏吧！"我去买了三张戏票拿到吉普车那边，把票递给车里的三个人，说道："我母亲要请你们看戏呢！"三个情治小伙子慌张了一

二十世纪五十年代，父亲与母亲于台北

阵，不过还是接受了母亲的好意，一同进戏院去观赏张正芬的拿手戏《红娘》去了。

一九五五年，父亲母亲结婚三十周年纪念。对他们来说，这是他们两人结伴一同度过三十年一个里程碑的日子。父亲六十二，母亲五十二，两人互相扶持，已经走到他们人生最后一个阶段。这天父母亲都着实打扮了一番，父亲衣襟上别着一大朵红色缎子花，母亲发上也簪了大朵红花，两人最登样的行头都上了身，全身喜气洋洋。那天亲友、旧属该到的都到了。晚宴时刻，母亲先致辞："我和白先生结婚三十年，我们也算得上'患难夫妻'了……"母亲说到"患难夫妻"，不禁哽咽落下泪来。她那天晚上讲了一番真性情的话，亲友们都为之动容。三十年当然不算短，但对父母亲来说，三十年恐怕特别长，因为这三十年间，两人共同经历过太多忧患、太多动乱，父亲处在如此复杂的政治环境中，走错一步即可能身败名裂。作为军人之妻、将军夫人，母亲需要过人的勇气、毅力、智慧、见识，才能应付各种挑战，协助父亲，使他无后顾之忧——这一点母亲很称职，都做到了。父亲心中明白，对母亲他是心存感激的。父亲忘情地伸过手去，搂住母亲的肩，母亲的感触，他了解，而且感动。那晚父母亲紧紧靠在一起的那一幕，是一幅极为动人的"患难夫妻"图。

这是父亲七十岁（虚岁）生日与母亲合照，可是母亲就在那一年年底，十二月四日逝世了。其实母亲最后几年身体健康一直不佳，高血压是她的老毛病，可是后来愈来愈难控制，有时波动起来，须住进医院治疗，病情紧张时，一夕数惊。过完父亲七十大寿，没有多久，母亲就病倒了，住进中心诊所有半年之久。那期间，父亲天天跑医院，辛苦而又焦虑，而母亲经过几位名医诊治，却一直没有起色，母亲的身体是一天比一天衰弱下去了。母亲过世

一九六二年三月十八日,父亲七十大寿,摄于台北家中,那年年底,母亲辞世

前两天,我去医院探病,母亲若有所思地对我说道:"老五,昨天晚上我梦见外公了。"接着她交代我去取一笔钱交给亦婆过活。亦婆是外公娶的姨娘,几十年来一直是由母亲奉养。母亲病危,还有许多牵挂放不下。她肩上的担子实在太重,强人也有不支的一天。

母亲的病,医生束手无策,会诊的结果,决定开刀,开肾脏。十二月四日那天清晨,天气阴寒天色灰蒙,父亲领着我和先刚、先敬,还有三姐先明,在客厅中一起跪下祈祷,乞求真主保佑母亲平安。不幸母亲开刀手术失败,流血不止。母亲身亡在手术台上。噩耗从手术房传出来时,父亲一时张皇失措,一脸茫然,这是他一生中所受最重的一击,一下子竟回不过神来。父亲经过无数惊涛骇浪,他临危不乱、处变不惊的功夫是出了名的。可是母亲遽然辞世,那突来的剧痛,即使百战将军也难担当。护士替父亲量血压,一下子飙到两百多。

母亲的死亡对我也是一次痛彻肺腑的分割，逼使我头一次认知到人生无常的本质，因而对生命有了新的了悟。我在一篇文章中如此写下对母亲之死的感触：

> 母亲的死亡，使我心灵受到巨大无比的震撼。像母亲那样一个曾经散发过如许光热的生命，转瞬间，竟也烟消云散，至于寂灭，因为母亲一向为白、马两家支柱，遽然长逝，两家人同感天崩地裂，栋毁梁摧。出殡那天，入土一刻，我觉得埋葬的不仅是母亲的遗体，也是我自己生命的一部分，那是我第一次真正接触到死亡，而深深感到其无可抗拒的威力。由此，我遂逐渐领悟到人生之大限，天命之不可强求。
>
> ——摘录自《蓦然回首》

家族墓园中母亲纪念亭——佩璋亭

新桂系信史
——《黄旭初回忆录》的重要性

新桂系作为一个军事集团，在民国史上从北伐、抗战，到国共内战，都扮演了举足轻重的角色，因此新桂系历史，在民国史上亦应有一定的重要性，但是因为新桂系在国民党军队中，并不属于中央嫡系，在官方国军史上，记载并不翔实，有时刻意疏漏，甚至扭曲。因此，广西省前省主席黄旭初的回忆录，便弥足珍贵，补偿了国民党官方历史的不足。

新桂系领袖以李宗仁、白崇禧为首，黄旭初位列第三，有"广西三杰"之称，前三杰为李、白加黄绍竑。李、白长年在中央任职，唯有黄旭初固守广西，主政广西近二十年，有"广西大管家"之称。黄旭初与李、白关系亲密，深得二人信任倚重，他对二人之军政生涯，尤其李、白与蒋介石之间的恩怨分合，了如指掌，详加记载。

一九四九年国民党军溃败，黄旭初于十二月二十一日由海南岛飞香港，没有入台，一直寓居香港，至一九七五年逝世，享年八十三岁。黄旭初长居香港，开始撰写他的回忆文章，多发表在香港《春秋》杂志上，共一百三十万言，其中《广西与中央廿余年来悲欢离合忆述》最令人注目，黄旭初以参与者及旁观者的双重身份，分析广西与中央二十多年来，自北伐开始，直至一九四九年国民党败退，分分合合，盘根错节的复杂关系。黄旭初有记日记的习惯，叙述多有根据，下笔井井有条，其为人谨慎，行事笃实，三十年代，建设广西，父亲总管其事，黄旭初便为其最得力的执行者，父亲托以重任，因其诚信可靠。黄旭初的回忆录，可以说是一部新桂系信史，有极高的参考价值。

今年（二〇一五年）一月独立作家出版社，出版了第一部《黄旭初回忆录》，由蔡登山教授主编，始出版即引起史学界的重视。如今第二部《黄旭初回忆录》已问世，由同一出版社出版，此册回忆录侧重李宗仁、白崇禧、黄绍竑三位新桂系领袖的生平事迹、逸事秘闻。其中有关父亲白崇禧的部分，有几件大事由黄旭初讲来特别具有意义，可信度高。两岸一直流传的一个说法：白崇禧三次逼蒋介石下野。事实上，蒋介石每次下野均为大势所逼，以退为进，非任何个人所能胁迫，父亲在国民党权力结构中，无论军权、政权皆不足以左右蒋介石之进退。

据黄旭初论述，一九二七年北伐途中，"宁汉分裂"，八月，蒋介石下野，当时谣传"蒋总司令下野，为李宗仁、白崇禧和何应钦所逼成"，但此事真相，据李宗仁亲口告诉黄旭初，并非如此。当时徐州方面，蒋介石率军作战，吃了败仗，八月六日返南京召见李宗仁，一见面便说："这次徐州战役，没有听你的话，吃了大亏，我现在决定下野了！"李宗仁大吃一惊，忙道："胜败兵家常事，为什么要这样说呢？"蒋介石说："你不知道，其中情形复杂得很，武汉方面一定要我下野，否则劫难难以干休，那我下野就是了。"原来武汉汪精卫政府,以武力逼蒋下野,唐生智领军蓄势待发。李宗仁力陈刻下局势十分紧张,孙传芳军威胁首都,武汉方面又派兵东进,请蒋顾全大局,不要下野。蒋说:"我下野后,军事方面,有你和白崇禧、何应钦三人,可以应付得了孙传芳,而武汉东进的部队,最少可以因此延缓。"其实蒋介石曾派褚民谊赴汉口与汪精卫商洽,褚民谊与汪私交甚深,但仍未获谅解。蒋介石为形势所逼,终于下野,宁汉对立危机,因此消除。李宗仁如此结论:"当时外间不明真相,且有部分党人以讹传讹,歪曲事实,硬把罪名加到我和何应钦、白崇禧的头上,说蒋的下野,是我们三人'逼宫'使然,恰和事实完全相反。那时白崇禧在苏北军中指挥作战,不知此事。据我所知,何应钦当时也力劝总司令打消辞意,绝无逼其下野的事。"李宗仁对黄旭初这段亲口叙述,应当接近事实真相。

父亲白崇禧将军与蒋介石的关系长达四十年,相生相克,极为微妙复杂,恩怨难分,爱恨交加。北伐军兴,蒋力邀当年仅三十三岁的父亲充当国民革命军的参谋长,充分显示蒋对白的器重,但北伐刚完毕,蒋便策动"灭桂"计划,发动"蒋桂战争",欲置白于死地。引黄旭初的话:"蒋先生确实深爱白崇禧的长才,但又每每对他不满,真是矛盾!"据黄引述,北伐期间,一次党国元老、蒋介石亲信张静江对李济深、李宗仁说:"蒋先生和各元老谈话,常露对白氏的批评,谓其不守范围。我曾为此与蒋先生辩论,以为他所直接指挥下各将官,论功论才,白崇禧都属第一等,值此军事时期,既求才若渴,应对白氏完全信任,使能充分发展所长,不可稍存抑制心理,但蒋先生总是说'白崇禧是行,但是和我总是合不来,我不知道为什么不喜欢他'。"张静江所引蒋介石这段话,生动地描述了蒋、白之间的矛盾关系,这是北伐时期,日后大凡如此。蒋"不知道为什么不喜欢他(白)",原因值得深究玩味。李宗仁对白的评语:"才大心细,遇事往往独断独行。"父亲北伐期间,屡建奇功,南昌之役,蒋亲自领军,却被孙传芳部击溃,父亲增援,则大破孙军,后率第四集团军一路打进北平,最后完成北伐,时年三十五岁。父亲少年得志,锋芒太露,功高震主,而不知收敛,不免触犯上级,招来"灭桂"之祸。

父亲与黄旭初在大陆期间时有书信往来,本书收集了多封父亲任职华中"剿匪"总司令驻跸武汉时的信件,当时国共内战,国军节节败退,濒临崩溃,父亲忧心如焚,浮于纸上。父亲入台后,两人通信就困难了,父亲受到当局严密监控,与海外桂系同僚多断绝来往,一九五二年,黄旭初托日本友人携带一短笺问候父亲,父亲竟未回复,八年后始托人向黄解释:当时环境极为恶劣,与香港桂系同僚书信来往,是当局大忌。黄这才明了父亲在台湾处境之艰难。

二十世纪七十年代初,黄旭初来过一次台湾。七弟先敬开车载他到六张犁回教公墓父亲坟上致哀,黄旭初形容憔悴,神情怅然,独自在父亲墓前伫立良久。经此战乱流离,新桂系风流云散,当年叱咤风云的革命旧友,一一飘零,广西三杰中的大管家,能不满怀凄怆。一九六六年十二月二日父亲在台逝世,黄旭初在香港写下挽联,追述父亲一生军功,并感慨两人未竟之大业:

从建立策源地而北伐,从结束阋墙而御侮,数千里纵横驰骋,名满山河;志大未全伸,抗日回天功特著。

在共事模范营为少时,在分头服务为中岁,四十年声应气求,心存乡国;老来空有约,乘风话语愿终虚。

一九四六年五月三十日，父亲陪同蒋中正飞长春视察，
在长春机场会见国民党军政要员

一九四六年五月三十日，父亲于长春机场会见国民党军事人员

第二辑

姹紫嫣红开遍
——记人物

那晚吃完饭,夏太太用轮椅推着夏先生回家,我看见夏太太努力地推着轮椅过马路,在秋风瑟瑟中两老互相扶持,相依为命,我心中不禁一阵悯然,深深被他们感动。

人间重晚晴
——李欧梵与李玉莹的"倾城之恋"

二〇〇〇年的九月底我收到李欧梵与李玉莹从哈佛寄来的信与相片,信由玉莹执笔,信里告诉我,九月十二日,欧梵与她两人终于结成夫妻。相片是在剑桥市府登记结婚时照的,两人衣着庄重,神情喜悦中带着一份虔敬。我注视相片良久,心中竟有一种说不出的感动,好像一件悬挂多年的心事,最后圆满了结。欧梵与玉莹结成连理,这段姻缘,三生前定。但两人这段姻缘路走来却是漫长崎岖,障碍重重,须经千山万水、跨过一个世纪才得抵达彼岸,修成正果。

李欧梵与我是台大外文系的同班同学,我们那一代的台大学生多少总感染上一些"五四"遗绪:理想主义、浪漫情怀是我们当时对生活、生命憧憬的基调。这也难怪,我们的老校长傅斯年就是"五四运动"的学生领袖,又曾当过北大校长,当年台大也继承了一些老北大自由主义的风气。李欧梵学生时期,就受到台大"五四"遗绪的熏陶,而且他来自音乐世家,父母亲本身就是"五四"一代的传承者,家与校的双重影响,李欧梵后来到哈佛念书，以"五四"作家为研究主题可谓其来有自，他的第一本学术著作《现代中国文学的浪漫世代》[①]研究西方传来的"浪漫主义"对"五四"作家的启蒙，徐志摩便是他的主要对象。徐志摩是中国的拜伦，他是"五四"一代的浪漫图腾，他那些热情洋溢的抒情新诗以及他本人与陆小曼、林徽因轰轰烈烈、离经叛道的罗曼史早已演变成一则"爱情神话"，这则"五四"时代的"爱情神话"至今仍在撩动华人世界千千万万恋爱中的男女。李欧梵自己承认徐志摩对他的影响是大的，我想那是因为他对徐志摩那种为追求爱情奋不顾身的执着精神有所向往，"五四"是我们这个古老民族返老还童的一个运动，而徐志摩在恋爱中呈现出来的赤子童心，我猜欧梵也是有所惺惜的。李欧梵致力研究"五四"的浪漫思潮，但不自觉地反倒成了浪漫"五四"的最后传人。

李欧梵虽然研究浪漫文学，可是他做学问不"浪漫"。今天他成为哈佛的杰出教授，是我们这一辈学人研究中国近代文学史、思想史的佼佼者，并非偶然，这是他按部就班苦下功夫一点一滴累积起来的学术成就。他的事业轨迹从哈佛毕业到普林斯顿教学，历经芝加哥大学、洛杉矶加大最后回转哈佛达到巅峰。欧梵个性乐观进取豁达开朗，事业上即使偶有横逆反倒是愈挫愈勇，这点他倒有北方人笃实苦干的强韧精神。但事业与学问的成就并不一定就能成为感情生活的保障。以欧梵这样至情至性的人，信奉"情至"，却偏偏在感情路上三起三落，饱受挫折。年轻时候的两次恋爱，已经论及婚嫁，却在最后破裂，连我们这些老朋友看着都替他着急。他的第一次婚姻要拖到中年，已近半百了，可惜夫妻缘分不长，十年分

---

① 大陆版名为《中国现代作家的浪漫一代》。——编者

手,大家又是一阵唱叹。

一九九七年春天李欧梵邀我到哈佛访问,原来哈佛以及波士顿各大学的一群亚裔学生把我的小说《孽子》的英译本改编成舞台剧,由戏剧博士生约翰·韦斯坦(John Weinstein)执导,在哈佛的亚当斯戏院上演七场,欧梵邀我去看戏凑热闹,舞台上一群叽叽咕咕说英文的"孽子"十分有趣,学生演得很卖劲,导演的指导教授是王德威,老师当然也去捧场。那是欧梵回哈佛执教我第一次去看他,并在他家住了三夜。欧梵的家是一座三层楼的老房子,我睡在顶楼的卧房。波士顿五月天还是寒飕飕的,不知为什么,我感到欧梵那个家从上到下都是一片冷清,连他的后院也是荒芜的,生满了杂草。从前无论在什么场合见到欧梵,总看见他神采飞扬,高谈阔论,那次见面,我却感到欧梵无意间透着一股落寞,心事很重。他的身体状况也不很好,还有遗传性的糖尿病。而我自己大劫归来,身心交疲,情绪也难提升。记得一九六八年我刚到加大当讲师,欧梵还在念博士,他到圣芭芭拉来看我,两人初上人生征途,凡事兴高采烈。三十年后,我教书生涯功德圆满,画下休止符,而欧梵的事业也达到顶峰,两人相对,反倒像"冬夜"里两个暮气沉沉的老教授,满怀惆怅。那次分手不久,便传来欧梵离异的消息,后来我才醒悟,那次在剑桥见到他,恐怕是他人生中最低潮的时刻。

一九九九年九月,我去新加坡参加小说评审,是老朋友诗人王润华邀请的,我一到新加坡润华和淡莹夫妇便笑嘻嘻地告诉我道:"李欧梵在谈恋爱了!"然后就一边笑一边讲下去:李欧梵先我一个月到新加坡,在新加坡大学讲学,有一位香港女朋友,常常从香港飞来陪伴他,连班也顾不得上了,两人正在热恋中!有这等事?我诧异道,因为前不久才听闻李欧梵背痛,躺在地板上起不来,一下子却带着女朋友到马六甲幽会去了。我当然对这位能使李欧梵奋然而起（galvanized）的女朋友万分好奇。那年年底十二月我和李欧梵都到了台北，他打电话给我，告诉我说女朋友也来了，想见见他的老同学。我半夜三更便赶到他的旅馆，终于见到了李玉莹。我们找了一家咖啡馆坐下聊了一下天。玉莹秀外慧中，娇小玲珑，是位极可亲的女性，她坐在李欧梵身边，落落大方，极其舒坦，好像两人本来就是天生一对应该互相依靠在一起。李欧梵完全变了一个人，一下子年轻了十几二十岁，上次见到他的暮气病容一扫而光，脸上遮掩不住的兴奋得意，简直像个恋爱中的小伙子。爱情的力量如此不可思议，竟然有回春功、还魂丹的神效。玉莹与我一见如故，我送他们回旅馆时，她直接问我对她的观感，我说道："我这位老同学一生都在寻找一位红颜知己，我想他已经找到了。"那时我对他们两人的恋爱过程还一无所知，那是我仅凭直觉做此断语。我想我的直觉对了，李欧梵终于在李玉莹身上感情有了着落。玉莹的确是欧梵的一生追寻的红颜知己。

　　李欧梵与李玉莹结为夫妇其间过程其实非常曲折，极富传奇色彩，是《半生缘》加上《倾城之恋》。二十世纪八十年代李欧梵执教于芝加哥大学，李玉莹也在那里，那时李玉莹已结了婚，先生邓文正在芝大攻读博士，李欧梵与他们一家结成好友，因欧梵早年也曾在芝大念过书，大家便以师兄弟、师兄妹戏称。玉莹精于厨艺，是烹调高手，而又生性好客，家中经常高朋满座。欧梵半辈子单身，艳羡玉莹的靓汤之余，恐怕也想分享玉莹的家庭温暖，竟在邓家搭食五年。李欧梵是正人君子，据他自白，当时对朋友妻是半点邪念也未敢动的。后来玉莹一家回转香港，欧梵自己也已成婚，两家人中断了一段时期。多年后，欧梵与玉莹香港重逢，玉莹与先生缘分早尽而欧梵自己亦经家变，这一对饱经沧桑的世间男女，各自众里寻他千百度，才蓦然觉醒原来眼前即是梦中人。这一下，"半生缘"便爆发出"倾城之恋"来了。张爱玲原来的故事范柳原和白流苏，两人"谈"恋爱精打细算，实在算不上浪漫。李欧梵曾戏笔把这则故事继续写下去，《范柳原忏情录》把范柳原写成了一个自怨自艾的孤老头，但一旦他自己恋爱起来，山崩海裂，却是十足的"倾城"之恋。

李欧梵和李玉莹把他们两人这一段奇缘合撰成一本书《过平常日子》，体例有意模仿沈三白的《浮生六记》，也是六卷。李欧梵常常在文章中提到这本书，尤其对芸娘有好感，大概中国传统女性中，《浮生六记》里的芸娘算是李欧梵的理想了。李玉莹的聪慧贤淑、善体人意与芸娘近似，所以欧梵有时昵称她为莹娘。李欧梵念西洋文学，精通西方音乐，品位极为西化，早年他追求的理想对象恐怕跟陆小曼、林徽因那些"五四"以来的新女性差不多。陆小曼跳交际舞、唱昆曲很在行，但是煲靓汤恐怕不行，那还得莹娘亲自下厨调制，欧梵终于了悟，过平常日子，喝碗莹娘亲手煲的靓汤，那才是人生真正的幸福。

《过平常日子》的第一卷"两地记情"是欧梵与玉莹初恋时的两地情书，浪漫炽热直追《爱眉小札》。我们年轻时总有一个相当霸道的断论：以为中老年人已经没有也不需要浪漫式的爱情了，这完全是年轻人的误诊。李欧梵对李玉莹爆发恋情时，已年近六十，他自称"后中年"（late middle age），我觉得这个算法极好，把哀乐中年无限延长，避免提早进入"老境"的尴尬。在这些信札中，欧梵与玉莹互吐衷曲完全真情毕露，到达忘我忘情，也忘记了岁月的地步，只剩下一片天真。后来几卷记录他们夫妻鹣鲽情深，画眉之乐也是如此，你侬我侬，忒煞多情，完全把社会习俗抛到九霄云外。两人如此"纵情"，我想就是因为欧梵与玉莹知道自己已不年轻，爱情婚姻的幸福要经过这么多折磨拖延到"后中年"才姗姗来迟，所以他们珍惜眼前每一刻迟来的幸福，恨不得将过去失落的岁月在一天内统统弥补起来。了解欧梵玉莹夫妇这份曾经沧海除却巫山的情怀，读他们这部"《浮生六记》"才会感到"其情可悯"。他们不惜将自己的私情公之于世，我想他们是心怀悲愿的：

愿天下有情人，都成了眷属；
是前生注定事，莫错过姻缘。

这是《老残游记》中的话语，恐怕也是欧梵玉莹对人生的体悟，对天下有情人的祝福，因为他们自己就是榜样。

然而人生幸福，往往也会遭天妒。欧梵与玉莹结婚才半年，两人正沉醉在新婚的美满中，玉莹的宿疾忧郁症突然发作，而且持续半年之久。《过平常日子》最后一卷"抑郁记愁"就是详细记载欧梵与玉莹夫妻共度患难、奋力抗郁的艰辛过程。这一章写得最感人。

忧郁症普及世界，医学界至今还未能完全说得清楚其病因，亦没有特效药可根治，是一种生理心理连锁反应极其复杂棘手的疾病，而且其来去无踪，病发时病人如着心魔，完全不由自主，其痛苦如下地狱，重者走上自杀之途。玉莹勇敢面对自己创痛，不仅把得病经过巨细无遗记载下来，而且把她努力克服病魔的来龙去脉、所用的方法、所服的药单也写出来，她存菩萨心，希望其他患者也能汲取她的经验教训。玉莹忧郁症的病史可不轻，十年内四度发作，而且最严重那一年曾四次轻生，幸亏上天保佑，存活下来，她凭着毅力韧性，每次总能把病魔逼退。在哈佛病发这次，十分严重，吃药，看心理医生，饱经折腾，效用不大，夫妻两人经常急得相对哭泣。欧梵眼看着爱妻受尽煎熬而束手无策自是痛彻肺腑。当然，经过这场患难与共的考验，两人也就更加相依为命了。但我觉得玉莹这次发病并非无故，恐怕还牵动着更深一层因缘，影响到她和欧梵的后半生。

暑假欧梵与玉莹回到了香港，既然西医药石罔效，玉莹经友人介绍便去看了一位张姓中医，谁知玉莹与这位女医生竟有医缘，服药几天，她的病霍然而愈，而且还经女医生的引导，玉莹进了佛门。玉莹本是基督徒，一向与佛无缘，然而时机到了，她才忽然彻悟："人生无常，亲情可贵，珍惜眼前人，凡事用平常心对待，不要执着。"如此一来，玉莹便从忧郁苦海中豁然解脱，与欧梵同参正果。欧梵与玉莹结婚时余英时先生赠诗一首，开头两句嵌着欧梵的名字："欧风美雨经几年，一笑拈花出梵天。"余先生独具慧眼，早已看出欧梵应是佛门弟子，他的命名已经注定。人的命运真是不可预测，我记得在台大一年级上国文课，叶庆炳先生点名点到李欧梵半开玩笑说道："你的名字很特别，是欧洲菩萨的意思。"大家一笑而过，没想到却应到将来。每天晚上睡觉之前玉莹会打开医生送她的小录音盒，一遍又一遍持诵着"南无阿弥陀佛"，欧梵夫妇听之入睡，百念俱消。是因玉莹之故，欧梵终于听到了"梵音"，他也终于有所领悟，玉莹与他今生结夫妻缘原来是来引渡他，共赴彼岸。现在他们请来了一尊观音像，放在客厅的高台上。"有了观音的保佑，玉莹和我在不知不觉中修炼出一片菩萨心肠。"欧梵最后在《一起看海的日子》中如此虔诚地写道。

　　李义山的诗沉郁哀艳独步晚唐,"夕阳无限好,只是近黄昏"遂成千古绝唱,但良辰美景如此无可挽回,不免悲怆。他入幕桂林时写下另外两句名诗"天意怜幽草,人间重晚晴"到底温婉得多,今谨以义山诗祝福欧梵玉莹:白首偕老,举案齐眉。人间晚晴,天意怜怜。

怀念高克毅先生

上个月一天晚上接到金圣华教授从香港打来的电话,她一开言我便感到不祥,平常接到她的电话总是笑声溢耳,一片喜悦的,那晚她声音低沉,缓缓告诉我高克毅(乔志高)先生走了。金圣华最关心高先生,常常打电话去问候他,所以我也多是从她那里得知高先生的近况。今年(二〇〇八年)一月间,我自己曾打过一次电话给高先生,因为记挂他的健康,知道他这一阵身体状况不太好,电话没有人接,只好留言问安。过了几天,也没有回音,这有点不平常。从前我给高先生电话留言,他马上就会打回来,而且很高兴,一讲就是一二十分钟。我怀疑高先生是不是进了医院,后来金圣华告诉我果然高先生住院了。可是二月上旬我却接到高先生一封来信,是一张卡片,罗德岛的海岸风景:冬日暮色,夕阳西下。写信的时间竟是"戊子除夕",先告了平安,然后是他几句一贯勉励的话。高先生的信总是那么亲切,他说身体行动已不便。那封信很可能是除夕夜在病床上写的,字迹有些不稳了。前一两年,高先生还常在《明报》月刊上写稿,九十多岁的高龄,思路清晰不减当年。我接到他的信,本来松了一口气,他能写信,精神大概还是不错的，没料到那竟是他给我的最后一封信，是他写下的遗言。

我与高克毅先生因翻译而结缘，亦师亦友达三十余年。一九七六年美国印第安纳大学预备出版一系列英译中国文学作品，《台北人》入选，我们组织了一个翻译小组，由我与加大的同事叶佩霞（Patia Yasin）执笔翻译初稿，而我们很幸运请到了高先生做《台北人》英译的编辑，替我们加工润色。高先生在香港创办《译丛》（Renditions）时，曾刊登过《台北人》中两篇小说《永远的尹雪艳》及《岁除》，这两篇译稿也经过他精心修改，所以他出任《台北人》英译编辑也就顺理成章了。可是没有想到，《台北人》英译前后竟花了近五年的工夫，变成了一项耗时费力的浩大工程。高先生为了编辑这本书，投入惊人的心血与精力，令人十分感佩，也就在那五年与高先生共同工作的期间，才深深体认到高先生中英两种语言学养之广博丰厚以及他待人处世宽容和蔼的长者之风。

一九七六年高先生在香港中文大学客座三年后返美，路经洛杉矶便到圣芭芭拉来，那是我们翻译小组第一次会面。在见高先生前，我与叶佩霞未免有点忐忑不安，因为高克毅先生的名气大，是翻译界的第一把高手，读读他那几本"美语新诠"系列以及他编的《最新通俗美语词典》，就知道他的英语尤其是美式英语之精通娴熟是多么令人吃惊了。而他英译中的那几部美国文学名著：菲茨杰拉德的《大亨小传》、沃尔夫的《天使，望故乡》以及奥尼尔的《长夜漫漫路迢迢》，译笔之精确流畅，每部都可以用作翻译课上的范本。高克毅先生是少数能悠游于中英两种文字之间，左右逢源的作者、翻译家，我们请来这样一位名家来当我们的编辑，当然有点害怕动辄得咎，难以施展。未料到跟高先生一见面，我们的疑虑马上烟消云散了。原来高先生一点架子也没有，是个极可亲的学者长辈，他的世面见得多，青少年时在上海、北平求过学，又在纽约、华盛顿、旧金山长期工作过，中国、美国大概各种场面都经历过了，见多识广。听他聊天，各种典故出口成章，简直是一本百科全书。高先生谈话风趣，富幽默感，那次跟他相聚，我跟叶佩霞感到如沐春风，其乐融融，我们三个人很快便形成了一种团队精神，凭着这股精神，我们展开了长达五年的《台北人》英译工程。

高先生住在东岸马里兰州华盛顿附近，我们工作只得靠书信电话往来。那时候还不兴用电脑，连传真机都是罕有之物，我和叶佩霞把一篇小说的初稿译出来用打字机打好字，然后寄给高先生。高先生便用铅笔一字一句仔细修改，再寄回来。我们把修订稿重打一次，又寄给高先生，让高先生最后再润色一次才算定稿。就这样一来一往，十四篇小说的修订稿足足装了一大纸箱，我把这些译稿都捐给加州大学圣芭芭拉校区的图书馆去了。日后有人有兴趣研究《台北人》的英译，高先生的修订稿是最好的材料。从他这些修订，看得出他曾下过多大功夫，费尽多少心血，往往一字一句的更改便收画龙点睛之效，英文运用之妙，令人钦服。当然，我与叶佩霞在翻译初稿上也费了很大心思，但我们翻译原则求信为先，不取巧，尽量把原著忠实译出来，还顾不上达与雅，只是一个粗坯，要经过高先生的精雕细琢才能成器。译书完成后高先生却一点也不肯居功，对于他在这次翻译《台北人》所占的比重，轻描淡写，略而不提。我知道他宅心仁厚，不想抢叶佩霞跟我两个译者的风光，这就是高先生体贴晚辈的长者之风。高先生的挚友宋淇先生曾替高先生的散文集《鼠咀集》作序，其中有一段话写高先生讲得最恰当，我愿意再引用一次：

说起来奇怪，乔志高自己也许不知道，他本身就集中国人的德行于一身。同他接近的人都有一种如沐春风的感觉，这来自他的和蔼性格，令人想起《论语》第一章的："夫子温、良、恭、俭、让以得之。"

的确，高先生既有中国人彬彬君子的修养，又有西方人典型绅士的风度，是集中西文化美德于一身的人。跟高先生一起工作五年，真是合作愉快，受益良多。

《台北人》英译本于一九八二年出版，当然我们这个翻译小组也就自动解散了，可是我和高先生两人却一直有书信电话联系，我们对那几年翻译小组的团队精神都很怀念珍惜。印第安纳大学出版社十几年后却把几本中国文学英译系列停止印行了，《台北人》也在其中，于是这本译著一下子"赋闲"了好几年，有几所美国大学要用来做教材，只好影印。高先生和我都觉得我们花了这么多心血在这本译著上，任其断版实在可惜，须得另外找一家出版社来延续其生命。后来高先生终于联系上香港中文大学出版社，而且预备出中英对照版。高先生和我都非常兴奋，于是把叶佩霞又找了回来，我们三人把《台北人》英译从头再订正一次才付梓。

二〇〇〇年中大出版社的《台北人》中英对照本出版了，印得很漂亮，高先生颇为满意，他对这本书是很有感情的。恰巧那一年高先生和我应中文大学金圣华教授之邀，担任她主办的"新纪元全球华文青年文学奖"的评审，高先生担任翻译组，我是小说组，我们一同到香港去参加颁奖典礼。中大出版社趁机在中央图书馆安排了一场我与高先生两人并列的演讲，就讲《台北人》翻译的来龙去脉。那天来了不少听众，发言踊跃。我有多年没见到高先生，竟有机会跟他同台演讲我们合作的经过,当然分外高兴。那次高先生赴港,梅卿夫人同往。梅卿夫人毕业于卫斯理学院,举止间自有一份高贵娴雅。高先生那年已有八十八岁,可是神采奕奕,一点也不显年纪。他跟梅卿夫人走在一起,真是一对令人羡慕的神仙伴侣。

那一次在香港的欢聚,没料到竟是跟高先生最后的一次聚会。接下来数年间我忙于推广昆曲青春版《牡丹亭》的演出,多半时间奔跑于海峡两岸,回美国的时间少,对高先生也就比较疏于问候了。前两年知道梅卿夫人逝世,我打电话给高先生,他说梅卿夫人不在了,他生活很不习惯,深沉的悲痛在话语间。高先生一向乐观豁达,九十多岁的高龄,照样经常写文章、编字典,热烈拥抱生命,不肯屈服于时间的压迫,可是暮年丧偶的沉重打击,到底不是像那样年纪的人容易承受的。梅卿夫人辞世后,高先生的身体健康开始急速走下坡,虽然他一直勇敢地撑着,除夕夜病床上还给我写信,可是最后终于不支倒下。

他给我那封信末尾有一行英文:Year of the Rat(My year! Born 1912)。高先生生辰属鼠,今年是他的本命年,享龄九十六。

走过光阴，归于平淡
——奚淞的禅画

现今的台北是一个心浮气躁、红尘滚滚的城市，有形无形的扰攘，层出不穷。久待一阵，便令人感到惝惝莫名。于是我便会驱车直往新店，暂离台北的纠纷，去寻找那半日的安宁，因为奚淞的画室就在新店小碧潭一带，一道寻常巷陌里。

一楼画室前后有两所小院落，满植花草树木。奚淞善理花木，前后院一片苍碧，地上的忍冬草、墙上的常春藤，鲜润欲滴。前院老阳桃一株，亭亭翠盖，虬干蜿蜒伸出墙外，秋来结实累累，墙头好像悬挂了一树迎客的小灯笼。后院有桂树一棵，金蕊点点，桂子飘香。前后院各置岩石水缸，蓄养金鱼，水藻间一尾尾亮红的朱纹锦游来游去，悠闲、无惧，水面闪着树叶缝隙透洒下来的天光云影。画室取名"福星堂"，刻在前院一块老石碑上。一踏进福星堂，顿感一阵清凉，如醍醐灌顶，身上的尘埃，心上的烦虑，一洗而尽，好似步入古刹禅院，猛然一声磬音，万念俱寂，世俗的牵挂，暂且忘得干干净净。福星堂是奚淞作画的地方，也是他修行的所在。

画室颇宽敞,靠近前院是一排落地玻璃窗,临窗一角支着画架,晨昏之间,窗外的光便这样悠悠地走了进来,又这样悠悠地淡出而去,于是在这个日月出没光阴交替之际,奚淞的那些画作便这样一幅幅地诞生了。画室的墙壁上,都挂着他各时期的作品,每幅画似乎都在隐喻着人生一则故事,隐含着生命的几句偈语。

画室靠后院也是一排玻璃门窗,窗下铺陈了一围席地而坐的茶座,奚淞在这里静坐禅修,有朋友来了,大家入座一同品茗。一进画室,左边供桌上供着一尊佛陀头像,这是一尊古佛。茶座对面的墙上却悬挂着一副对联:

天地同流眼底群生皆赤子
千古一梦人间几度续黄粱

是奚淞亲笔写的一手好行书,录自丝路张掖古佛寺里的诗抄。

在福星堂的茶座上,我跟奚淞促膝而坐,奚淞沏上普洱茶,端出鲜果,茶香果香,我们说古道今,言笑间,不知不觉便度过了一个圆满的下午,直至黄昏。

我与奚淞结缘甚早,一同走过将近四十年的光阴。我比他年长,开始的时候,是我走在前面,但很快奚淞便赶了上来,这些年,他远远超越我早就走到那无止境处,人生修为,已达"涅槃"境界。奚淞在修行的道路上一步一步往前迈进,是他对人生、人世、生命、宇宙,点点滴滴的体会与感应后智慧之累积,使他了悟佛陀教诲缘起缘灭生命无常的真谛,因而对眼底群生不禁常怀大悲心、修菩萨行。奚淞常常引用《金刚经》末尾偈语:

> 一切有为法，
> 如梦幻泡影。
> 如露亦如电，
> 应作如是观。

这是《金刚经》的警句，而奚淞对生命无常的大悲心，也统统化进了他的画里。

其实奚淞自小便有菩萨心肠，当他才是四岁孩提时候，一天，亲戚背着他上街。那是个艳阳天，本来奚淞快快乐乐的，可是他一眼瞥见路边电线杆旁蹲着一个穿着木屐不知谁家的孩子，正在那里声嘶力竭放声痛哭，哭得异常伤心，奚淞突然挣开他的亲戚，跑过去，蹲在那个孩子的面前，陪着他也大哭起来。小小奚淞，竟然已经无法忍受人世的哀痛，要以自己的眼泪来安抚众生受创的心灵了。日后朋友间甚至初识者，有人有伤心事，奚淞总在一旁，默默地给予安慰，让人感到温暖，助人渡过难关。

我初识的少年奚淞，有时多愁善感，偶尔狂放不羁，然而他那颗永远不沾尘埃的赤子之心，却一直是他面对人生疾苦，常兴悲天悯人情怀的由来。早年奚淞远赴巴黎学艺，在那儿最触动他的，不是花都的锦绣繁华，竟然是巴黎地铁站内那群漂泊无依、残肢断足的流浪乐师，他把他们都描入了他的画里，变成一系列极为动人的"众生相"。我们似乎听到那些流浪乐师手风琴演奏出来凄凉的心声，其中一丝人间温暖是作画者加进去的。

奚淞的人生经历过几次大转折，画境与心境都有了惊人的变化进展。一是亲人的丧离，尤其是母亲病故，奚淞的心灵受到天崩地裂的震撼：

> 学佛的我开始了解到：在一切因缘的生灭变化中，亲人之死原是一种恩宠和慈悲示现，使有机会痛切地直视无常本质，并从中渐渐得到对生命疑虑的释然解脱罢。

很多年后，奚淞写下了这段话，这是他因亲人的死亡而对无常生命有了深刻参悟后的省思。母亲生病期间，奚淞开始了他的白描观音水墨画，那三十三幅观世音自在容颜，是一组早已超越艺术领域，达到宗教上大慈大悲度一切苦厄、至高无上的象征了。奚淞的观音画像不知曾经抚慰过多少人一颗惶惶忐忑的心。有一个时期，我自己经历了人生十分艰辛的情境，奚淞前后惠赠我两幅他手画的观音像，这两幅画像一直挂在我家玄关的壁上，常常一进家门，我就感到一片安详。

其次是一九九三年奚淞偕画家阿昌共赴印度、尼泊尔寻找原始佛迹。那次"印度之旅"是奚淞一次心灵上的皈依之旅：他去过佛陀成道处的菩提迦耶，第一次传道的鹿野苑，以及佛陀八十岁涅槃的拘尸那罗等地，也曾抵达佛陀的诞生地尼泊尔南境蓝毗尼遗址。

> 每至一处，我都俯拾起一些泥土，放进小盒里收存，当作"佛迹之旅"的纪念。摩挲、细审掌中细土，仿佛可以为我勾回两千五百年前，古圣人蹒跚游化于北印度的风貌。想想这泥土，可能正是佛陀当年曾经赤足踏过的啊！自此，佛陀在我心中，有了可亲可近、作为老师的体温。

《佛陀传》中记载：受尽父王呵护、享尽荣华富贵的悉达多太子，一日出城，惊见于遭受老、病、死苦的人们，于是发心出家，为世人寻求解脱之道，最后终于得成正觉于菩提树下，悟道成佛。奚淞在追寻佛迹的旅途中，必然也深深体验到悉达多太子悟道的心路历程吧。事实上对人世苦痛极端敏感而不忍的奚淞，在步步生莲的修行道上，他那彳亍独行的身影，都常常让我想起悉达多太子的故事来。奚淞寻找佛迹之旅于是让他成就了气势磅礴的"大树之歌"，以油画吟诵出佛陀一生的事迹，每幅画似乎都是奚淞虔诚礼佛的"心境""心声"。我没看过有人以油画画佛陀传的，这组特殊的画作，很可能是佛教画史上的创举。

　　这个时期，奚淞对生命宇宙有了更深一层彻悟后，也是他绘画创作的丰盛期，在"大树之歌"前后，奚淞又展开了另一组画作："光阴系列"，以及由"光阴系列"衍生出来的"平淡家族"。"光阴系列"的头十幅取名为《光阴十帖》已被台北市立美术馆收藏。我把这一系列静物油画称为奚淞的禅画，我想奚淞本人也会允许的吧。这些静物画其实都是奚淞禅修的记录。对奚淞来说，作画即是修行，经过观世音《自在容颜》以及佛陀传"大树之歌"，现在奚淞在"光阴系列"中所表现的却是"道在平常"：一盆花、一杯水、一组瓶瓶罐罐都暗藏玄机。禅直指人心，把一切事物都还原到根本。奚淞画静物，心灵上得到莫大的安宁与喜悦，"万物静观皆自得"，由静观而触动天机："无论一草一木，一花一叶，自有一份天道无私的美呈现。"奚淞的静物有一个特色，初看时，真是真到了十分，一盆花可以捧得下来，一杯水可以端起来喝下去，奚淞的写实功夫细致得惊人。但再仔细看，意在画外，那些"雨茶""幽兰""扶桑"似乎又在暗示着生命一些根本的现象。大概就如这一系列画作的命名，在阐述"光阴的故事"吧。在奚淞作画的一角，天光从窗台进来，映到白墙上，从容移过，清晨奚淞在此静坐,看着墙上光阴的起灭,不禁兴起生命无常迁演的感怀,于是光阴无穷的变幻便形成他这些禅画隐含的主调了。

茶花

奚淞的静物有好些是花卉,茶花亦有数幅。茶花盆景搁在一张质朴的老木桌上,背景是墙,墙上映着窗外斜射进来的光影,光影似乎在不知不觉中悄悄移动,枝上几朵红茶开到极艳极盛,如此肆意绽放的美丽花颜,不禁令人为之担忧,光阴再往前移一步,那些艳极的花朵恐怕就会倏然辞枝陨落了。百花中盛开的茶花特别娇贵,可是一旦凋谢,并非逐瓣零落,而是整朵决然坠地,辞别生命,如此断绝。

李商隐有一首七绝颇为奚淞喜爱:

荷叶生时春恨生,
荷叶枯时秋恨成。
深知身在情长在,
怅望江头江水声。

李义山一往情深,对于人世枯荣生命无常之无可挽回常怀千古怅恨。李后主有一首词《乌夜啼》写的也是同一"恨事":

林花谢了春红,太匆匆。无奈朝来寒雨晚来风。胭脂泪,留人醉,几时重。自是人生长恨水长东。

王国维以为后主之词以血书者,"俨有释迦、基督担荷人类罪恶之意"。后主能以一己之悲,写出世人之痛,所以王国维将之类比圣者。奚淞对人世生命用情之深,绝不输与诗人词人,这是他艺术家的特质,诗人词人陷溺于情而难以自拔,修行者奚淞寻找的却是解脱妄执之道,我想纵使茶花骤然凋落,只剩绿叶满枝,奚淞可能也会把那些绿叶画得依旧生意盎然的吧。我特别喜欢奚淞那几盆茶花,用了一盆做《台北人》英译本的封面,十分点题。

法华、花与慈悲

《法华》:背景仍是一片空墙,拙朴的木桌上搁置的是一透明的胆形玻璃瓶,瓶中满盛清水,斜插一弯桂枝,桂花盛开已过,桌面上缀着几点落英,还有一片枯叶,桂枝下,坐着一尊小泥佛。空墙是天,木桌是地,天地同流,花开花落,宇宙间因缘聚合的无常生命不断轮回,唯有我佛慈悲,在默默普度众生。《法华》的须弥世界,自有一片禅机。

《花与慈悲》:奚淞还有一间画室"微笑堂"在七楼住所,临窗下望,看得到小碧潭的捷运(地铁)终站,一大片钢管水泥的建筑物。从前这一带是新店溪边的水田,绿稻油油,上有白鹭鸶倚天翱翔,下有野姜花散发清香,秋来芒草开遍,银丝成波,那是奚淞常去散步冥想的地方,我们都说那是台北最后一块净土。谁知这块净土，几年间，被推土机整片翻转，变成了人来人往、喧嚣不歇的捷运站。

　　微笑堂比较敞亮，光的变化，更加清晰。"光阴系列"后期有不少作品在此完成。《花与慈悲》共有两幅，之一之二。第一幅窗角的木板上坐着一尊观音雕像，是宋朝木雕。观世音俯临窗外曾经沧海桑田的人间巷落，自在容颜无限悲悯，似在垂怜芸芸众生。像前有一供盘，供着带叶红茶花一枝，花色灿然，是否为菩萨慈悲所化，带给人间如许美丽与温馨。这是奚淞最动人的画作之一。

心境、平淡家族

　　《心境》：窗角木桌上一只粗陶碗盛着净水，空墙上窗外映入的鸟影冉冉飞过。这幅画反映了奚淞修行的心境：静如止水，动如飞鸟，自由自在，心无挂碍。"纵浪大化中，不喜亦不惧"——这应该是奚淞心向往之的境界了吧。这幅画看了令人感到安宁，安宁后又有一股喜悦。奚淞的禅画从来不是枯寂的。

　　"平淡家族"：这一组画一共八幅，画的是最为平常的物件——水晶玻璃瓶、吹制水瓶、泰北巴蓬寺落果、韩国老茶碗、碧潭废弃船缆、米醋瓶、印度银盒。这组画的画风又是一转，与"光阴系列"的工笔写实，有了基本的差异。"平淡家族"倾向于遗貌取神，色彩淡了好几度，澄明透澈，几乎只剩下光与影的交错了。这八幅画放在一起，即刻有了一种特殊的效果，好像一组笙箫管笛，此起彼应，悠悠地扬起一阕古远的《清平调》来。又如同德彪西的月光与海潮，旋律是如此舒缓、娴静。福星堂中门楣上贴着一张红纸条，上书"光明静好"四字，是奚淞亡友姚孟嘉观赏奚淞的画后赠送给他的，奚淞认为深得其心。"光明静好"正是"平淡家族"组画的本色，也是奚淞走过光阴，归于平淡的心境吧。

奚淞以油画入禅，西方的手法，东方的意境，把古老的宗教与现代人的心灵合而为一，画出一系列具有惊人创意，并深富哲理的作品来。其下笔之细致，色调掌握之高妙，光影变化之丰富，艺术上的成就已是余事了。奚淞很少开个展，平常作画只让朋友观赏。这次难得，二〇〇八年六月底，作为台北文化古迹的紫藤庐维修一年后重新开张，将展出奚淞的"光阴系列""平淡家族"多幅画作。紫藤庐一向有深厚的人文艺术传统，奚淞的禅画在那里展出，十分恰当，去紫藤庐的人当会感受到奚淞禅画带给人那份深刻的谧静。

在我心中，奚淞一直是那个善感不羁的少年，见到他两鬓竟也冒出星星的时候，才惊觉他常提醒我"如梦幻泡影""如露亦如电"生命本质的偈言。近四十载光阴，弹指即过，而人间早已几度黄粱。离开福星堂已是薄暮，奚淞总是殷殷陪我到大马路上去乘车，我们走过巷弄，走向那车水马龙的中央路。在熙熙攘攘的人生道上，能有好友互相扶持共度一段，也是幸福。

去寻找那棵菩提树
——奚淞的佛画

奚淞的一生似乎一直都在追寻着两件事：他的绘画艺术，以及他的佛法修行。他画画其实是在反映他对佛法深刻体验后的心境，而他满怀赤诚之心的礼佛修禅，正是激励他孜孜作画的灵感泉源。在他的人生道路上，绘画与修行其实是一体两面，殊途而同归，同时在指引他去寻找他心中那棵菩提树——智慧之树。

要了解奚淞的绘画艺术，须先明了他与毛笔的关系，奚淞曾说：

> 毛笔是中国之心。

一管毛笔，具体呈现了中国人的心灵特质。以此为工具，表现出无尽的心象世界。

可见中国毛笔是奚淞心手相连最能表现他绘画意境的工具。事实上奚淞是从习西画开始的，曾经留学法国巴黎，遍游欧洲，西方艺术的辉煌成就必也曾给予奚淞视觉的震撼，但他心灵上的皈依，仍然要回归到远古中国及东方的宗教与艺术。这要从他与毛笔的特殊因缘开始。像许多中国人一样，奚淞也醉心于书法。书法是我们这个民族独一无二的精神文明之最高表现。中国艺术概要地说就是一种"线条艺术"，从我们的象形文字到水墨画，从青铜器到宋元明瓷的造型，从建筑的飞檐拱桥到笙箫管笛的袅袅乐声、昆曲水袖翻飞的优雅舞蹈——拼凑成一个千变万化、精美绝伦的线条宇宙。我想世界上没有其他民族比我们对于线条的变化及掌握更敏感的了，这就是因为我们有书法作为掌握线条的基础训练。

临摹《集字圣教序》之《心经》引入佛门

比较特殊的是奚淞认真研习书法是从他抄经开始。奚淞起始抄经所临的书帖是《集字圣教序》碑帖，此帖末段附有《心经》，这便是日后奚淞勤勉描摹的范本。《圣教序》原碑厕身于西安碑林，究其渊源，乃因唐代玄奘法师西域取经归来，太宗为其新译经典作序，东宫太子高宗并为撰文，这两篇文章加上玄奘法师新译《心经》，由一位法号怀仁的僧人，收集当时遗存民间王羲之的书法，拼缀而成，精刻于石碑，这便是名震天下的《圣教序》碑帖的由来，王羲之的神品因而传世。奚淞所临摹的便是被当时公认为最美的字体集成的《心经》。奚淞自述他是偶然发现《圣教序》碑帖所附之《心经》而开始抄经，因而步上修行之途的。我不这样认为，我觉得恐怕在唐代怀仁法师集字成碑的当下，已冥冥中埋伏下一段因缘：千百年后一位佛弟子因抄这帖《心经》而被引进佛门。后来奚淞果然有机会到了西安，找到这块古碑，当他在斑驳残颓的石碑上诵念《心经》中的字句时，他心中的感动恐怕非比寻常。《心经》是第一本启蒙奚淞向佛的宝笈。

奚淞多年抄经当然也就练就了他一手好书法，深得王体行书劲秀神韵，奠定他日后运用毛笔掌握线条画水墨画的深厚基础。抄经对奚淞来说更是一种日常修行功课，他抄《心经》，也抄《金刚经》《阿含经》，但是《心经》那两百六十字，字字珠玑，连缀成一串悠悠念珠，奚淞日日默诵，旦夕临摹之时，渐渐潜移默化，这部《大般若经》的精华终究化成了奚淞心中的一颗智珠，引领他走向观世音，修菩萨行。

《心经》起首便是：

> 观自在菩萨行深般若波罗蜜多时，照见五蕴皆空，度一切苦厄……

《心经》，也可以说是一篇《观音颂》，赞颂观世音菩萨的智慧与慈悲。奚淞自述他抄《心经》，每次抄读起首语句，就感受到一种超乎语言的感动。在奚淞一生中，观世音恐怕是对他感应最深结缘最厚的一位菩萨了。观世音"照见五蕴皆空"的智慧，以及"度一切苦厄"的慈悲大愿，也是引领奚淞走向修菩萨行的两盏明灯。奚淞自小便有菩萨心肠，他还是四岁的幼儿时，在路上听见另一个孩子痛哭的声音，循声找去，发觉是一个与他同龄的童子，一个人在路边伤心悲泣，奚淞不忍，竟也蹲下来陪着孩子同声一哭。观世音菩萨本身命名便有"循声救苦"之意，从《法华经·观世音菩萨普门品》经文中显示，观世音救苦的方式："应以何身得度者,即现何身而为说法。"对方为君王,即化身为君王,对方为乞丐,即化身为乞丐,以众生平等的大悲心,化解人间一切苦厄。小小奚淞在闻哭声而动善念的顷刻,其实已在遵照观世音"循声救苦"的悲愿,踏上修菩萨行的道路了。日后这位虔诚的佛弟子受到观世音菩萨的感召,竟恭绘出五六十幅观世音慈悲容颜的白描水墨画来。我不记得中国有哪一位画家,能以最朴素的白描手法,将观世音菩萨诠释得如此圆满,展示得如此丰富多面,而又呈现得如此深刻感人。奚淞恭绘观音,如有神助,似乎观世音菩萨要借这位佛弟子之手,以显示出他对苦难人世大慈大悲的面面观。奚淞这些观音画,早已超越艺术,升华为宗教慈悲的象征了。

以画白描观音渡过无常痛苦的人生风浪

奚淞画观音,其实是经过他人生中一段极艰苦的心路历程而起念的。二十世纪八十年代中,奚淞的母亲突然病重不起,奚淞与母亲感情深厚,母子连心,母亲长期的病痛而最后亡故,对奚淞当时心灵上的震撼,有如天崩地裂。他第一次被逼直视老苦、病苦、死苦,人生无常这道人类生命中的大难题,一时间奚淞彷徨惊悚,陷入了极端痛苦无助中,循声救苦的菩萨终于给予他显示:奚淞画下了他第一幅白描观音,悬挂在医院卧病中母亲的病房墙上,希望母亲看到观世音慈悲容颜,而获得平静慰藉。多年后对亲人的亡故,奚淞如此省思:

学佛的我开始了解到：在一切因缘的生灭变化中，亲人之死原是一种恩宠和慈悲示现，使有机会痛切地直视无常本质，并从中渐渐得到对生命疑虑的释然解脱罢。

母亲逝世后，奚淞开始恭绘观世音菩萨画像，每月一幅，历时两年九个月，一九八八年元月开始轮展在台北雄狮美术画廊，完成了他那一系列著名的"三十三观音菩萨"白描水墨画，同时出版了他每月一篇记录他画观音的心得而集成的《三十三堂札记》。奚淞恭绘"三十三观音菩萨"在某种意义上也是在表露他对母亲无穷无尽的思念吧。三十三幅观音每幅不同，但慈悲容颜总饱含着母性的无限温柔，似在默默垂怜眼底赤子众生。因母亲的病痛，奚淞在医院里也常目击到其他病人在那生死场中辗转受苦的惨状，本来就有菩萨心肠的奚淞，怜惜母亲，也就及于同在无常生命中经历老苦、病苦、死苦的世人。他的这些观音画像，在另一种意义上，是他勘破生死无常之后，对人世的一片慈悲心的具体展现。我们静立在奚淞的观世音菩萨像面前，心中总会感到一份深沉而又无以名状的感动。我想这就是宗教超越的力量吧。

奚淞的观音造型虽然出自他内心的感触，但他也曾下过功夫遍阅民间各种雕塑、石刻的观音像。他到四川大足县（现为重庆市大足区），便发现了北山摩崖石刻一二五号龛窟里有一尊"数珠手观音"，石刻已近千年，而菩萨容貌神秘优美依旧，"观音侧身迎风，天衣缨带飘举"，奚淞如此形容，而这尊唐宋间的摩崖石刻便变成了他自己那幅《数念珠观音》的原型。奚淞也参考前人的观音画作，如赵孟頫。有一次他发现了一幅他最心仪敬仰的弘一大师李叔同的简笔观音，如获至宝，赶紧买下。奚淞的观音造型大致沿延中国佛教艺术的传统，但令人吃惊的是，奚淞的白描观音每幅都由千百根纤细的毛笔线条组成，这些线条，如春蚕吐丝，婉转缠绵，无尽止、无停顿，周而复始在轮回中，没有一丝错乱，没有一笔呆滞，每一根线条，都如同一脉活水，千回百转，川流不息。在对线条最精准的掌握上，我们看到了奚淞超人的笔下功夫，一管毛笔在他手里，已发挥得出神入化。奚淞的白描观音把中国的线条艺术，提升到另一层精确精美的最高境界。奚淞说他恭绘观音时形同斋戒沐浴，心中要完全进到入定状态，全神贯注，不容一丝杂念，才能平稳而一笔不苟，他白描观音用的是"铁线描"笔法，这种笔法看似简朴，但要求严苛，一失手，全画俱毁。奚淞多年恭绘观世音菩萨像，也是在进行自我要求更加严谨的修行，因此奚淞的观音画像才能达到神形双绝，既是艺术极品，亦是宗教至高无上的慈善象征。

遍踏佛土寻找可亲可敬可作为老师的佛陀

由于恭绘观世音菩萨对"慈悲与智慧"有了深刻的体认，奚淞在他的修行道路上，下一步，很自然地便皈向佛陀，去探究两千五百年前，佛陀教诲的本怀了。一九九二年，奚淞与好友画家黄铭昌到印度做了一次追寻佛迹的旅行，他们沿佛陀一生游行教化的途径，走访他得成正觉的菩提迦耶，初转法轮的鹿野苑，大般涅槃的拘尸那罗，他们也曾经造访过佛陀出生地尼泊尔的蓝毗尼园，佛陀一生的足迹，奚淞惆惆跟随了一遍。这次的印度寻找佛迹之旅，对奚淞的修行及绘画都有重大的影响。唐代高僧玄奘到西天取经，从天竺国（印度）回来，翻译佛经，改变了中国佛教的面貌。吴承恩把这段历史故事写成小说《西游记》，唐僧须经历九九八十一劫才能抵达西天，取得真经，终成正果。奚淞的印度之旅也可以说是他自己的《西游记》。二十世纪的佛弟子奚淞到西天印度去寻找佛迹，他内心恐怕也须经历八十一劫才能大彻大悟吧。奚淞对印度的感受如此写道：

> 旅游印度，立即可以体验到社会中种种尖锐的对立：穷与富、美与丑、诚实与欺骗、生存与死亡。有时光走过一条街，生、老、病、死，全都赤裸裸地暴露无遗。

由此，在印度奚淞时常想到佛传中，悉达多太子"四门出游"的故事。悉达多太子，四门出游，目击人世老苦、病苦、死苦，于是离家出走，为世人寻找解脱之道。奚淞常常复述这则故事。事实上，在印度，他自己也经历了"四门出游"，他对悉达多太子的"大出离"有了更深刻的了悟及感应，他踏着当年佛陀曾经赤足走过的泥土，感到"佛陀在我心中，有了可亲可近、作为老师的体温"，他对佛陀的皈依之情，也更浓厚了。他到菩提迦耶终于寻找到传说中佛陀成正觉的那棵菩提树，他趺坐在那棵智慧树下，去体认佛陀教诲世人解脱贪嗔痴烦恼之道。

由"说法印"到"大树之歌"佛传系列油画

印度之旅归来,奚淞把"西天取经"的感动都寄托在他那幅《释迦说法图》的白描佛像上,这是奚淞白描阶段的总结,是奚淞白描艺术登峰造极的杰作。图中佛陀摆着说法印的手势,奚淞在阿姜塔(阿旃陀)石窟见到这个手势而得到启发,"说法印"就是佛陀教导世人解开心结,去除烦恼的手印。印度之旅归来,奚淞自己也找到了心灵上的解脱。

接着奚淞的绘画及修行便晋升到另一个阶段,他开始用油画画佛陀传系列:"大树之歌"。由佛陀出生《走向蓝毗尼园的摩耶夫人》到佛陀最后在北印度拘尸那罗圆寂《大般涅槃》,中间插以悉达多太子清晨薄雾在阿奴摩河畔举刀断发舍下一切世间繁华的《大出离》,佛陀放弃严苛苦行,下山走向人世,"佛法在世间,不离世间觉"的《释迦下山》,菩提树下佛陀"经过一夜禅坐,已彻悟缘生、缘灭,身心世界的真象"终于《得成正觉》。"他的慧观若天宇间明星历历,垂照大化,无所不遍"——这便是这张佛画的境界。这一组佛传油画共十五幅,描述了佛陀一生,侧重于佛陀求道布法片刻刹那了悟点化的心路历程,呈现佛陀的"内观""心景",这也是奚淞本人印度之旅"西天取经"自己在心灵经历一番彻悟"得成正觉"后,对佛陀、佛法更进一层的诠释。

佛传系列中有两幅十分感人的画作:《〈安般品〉之一》《〈安般品〉之二》,奚淞在《阿含经》中读到这两则故事。一天早晨佛陀与他的独生子罗睺罗在托钵乞食的路途上,突然停下来教诲罗睺罗"无常"的本义:色身无常、色蕴无常。另一则是一日午后,罗睺罗正在一棵柆果树下静坐,佛陀走来,向他的独子慎重地教导了

"慈、悲、喜、舍——四无量心"的法门。在佛陀的诸多教诲中，奚淞可能认为"无常"及"四无量心"是最重要的两门课题吧，因为生命中受、想、行、识一切变化无常，世人更应常持慈、悲、喜、舍——四无量心。奚淞把他体验到的佛法中重要讯息以"佛陀教子"的两幅图画，生动地传递给世人。

奚淞这一组佛传油画可能又是他的创新，好像还没有哪位中国画家用油画画成这样完整系列的佛传作品。在二十世纪末及二十一世纪初，佛弟子奚淞因完成白描观音及佛传油画系列，把中国佛教绘画艺术又往前推动了一步。

从"光阴系列"静物画进入日常生活里的禅修

奚淞画完佛画后，再开展了另一系列的静物油画，可以说这是奚淞"禅画"的开端。奚淞一气画了为数甚多的静物，称之为"光阴系列"，画上光影的变迁，也象征着光阴的变幻无常。一杯水、一盆花，莫不禅意盎然。其中有茶花、兰花、桂花、扶桑、七里香——盆盆娇妍，盆盆却隐含花开花落的玄机。奚淞这些花花草草，带给他自己以及人间一份光明静好的喜悦。"道在平常"，这就是奚淞这些静物画透露的消息。

奚淞甚少开个人画展，多年来奚淞的画作多半只展示于好友之间，与朋友共享他作画修行的心得。常常在岁初春临，新年开始，奚淞会勾画佛像、书写春联，遍赠朋友，给予祝福。如果好友有难，奚淞甚至会赠送亲绘观世音菩萨像，为之祈求平安。奚淞的佛画是他自己慈悲心的展现。他在雄狮美术画廊展出的三十三幅白描观音画像，全部义卖捐给了慈善机构，帮助弱小。

二〇一〇年三月二十三日至五月，在香港大学美术博物馆，以及二〇一一年三月起在台北市立美术馆，奚淞举行两场罕见的画展，展出他自二十世纪八十年代至今的作品，其中包括白描观音、油画佛传以及静物三大系列，其间并有他手抄经文的书法、各时期的版画——这些可以说都是他这二十多年来礼佛修行心路历程的记录。奚淞愿意将他对宇宙人生的体认了悟公之于世，是希望世上有缘人也能在他的画作引领下，一同去寻找那棵菩提树。奚淞的这些佛画，是他对世间众生合十的祝福：

  愿一切世间众生　无论柔弱或强壮
  体形微小中等或巨大　可见或不可见
  居住近处或远方　已出生或尚未出生
  愿他们都能远离苦恼
  愿他们都得到平安快乐

          ——录自奚淞手抄《慈经》

追忆我们的似水年华
——记奚淞与我的文字因缘

算算我跟奚淞结缘已有五十年了，半个世纪前第一次见到奚淞时，他还是个二十刚出头、神采飞扬的年少书生，那时他看起来眉眼高挑，有几分孤标傲世的模样，可是几句话下来，我就发觉他原是个善解人意、一点就透、极端敏感的人物。我们一开始结的应该就是"文字因缘"。那时我正在写《台北人》的系列，那是我的《哀江南》，写的是离别大陆后一群外省人流离失所、落魄飘零的悲剧故事。

大概那些故事中一些愁绪触动了奚淞，所以他放心将他的第一篇小说《封神榜里的哪吒》交到我手里。那是一颗璀璨发光、文采灼灼的宝石。哪吒"割肉还父、剔骨还母"的一则寓言故事，是一篇《天问》。谪落红尘的三太子，仰问苍天，生命的终极意义到底为何？这篇小说是以极为抒情诗化的文体写成，形式完全现代，我把奚淞第一篇小说发表在《现代文学》上，马上引起当时文艺圈中议论纷纷，都在揣摩这位青年作者到底想讲些什么。

事隔多年回头看来，奚淞与哪吒太子原来有这么深的宿缘。他在塑造封神榜里的哪吒时，恐怕下意识竟把自己代入哪吒这个角色里了，他一生中不是一直在"天问"，追溯生命的神秘意义吗？哪吒最后化身成"一朵端丽的莲花"，这不也正是奚淞最后向往的涅槃境界吗？其实奚淞很年轻很年轻时已写下自己的生命寓言了。

奚淞在《现代文学》上一共发表了三篇小说，另外两篇是《盛开的扶桑花》及《吴李锦凤的礼拜天》。奚淞的小说不多，可是每篇他都在寻找一种有创意的艺术形式，探索人生一些终极的问题。《盛开的扶桑花》是我看过对于"生"与"死"有着最敏锐探究的短篇小说。这篇小说奚淞注入了极深厚体贴的情感，应该是自传性的。

如果奚淞的小说写作继续下去，我相信他会写出更多深刻动人的作品来。那个时节是奚淞的"蓝色文学时期"，我们在一起谈论得最多的也是有关"文学"这个牵涉人生最深的题目。那时台湾的文艺思潮，西方的现代主义当行，我们很自然地就谈论到一些现代主义的作家作品了。乔伊斯的《死者》，最后那一幕大雪纷飞的场景：只落得白茫茫一片大地真干净，人的七情六欲一时冰消。托马斯·曼的《威尼斯之死》，大导演维斯康蒂把这篇小说改成了一部凄怆无比的电影杰作：衰老病危的音乐家阿申巴赫在海滩上临终的那一刻，伸出绝望的手，想去捕捉美少年达秋，指向天涯的青春幻影，青春与暮年，那一幕是一则摧人心肝的人生寓言。奚淞与我都深爱李商隐的诗，尤其是他那首《暮秋独游曲江》：

  荷叶生时春恨生，
  荷叶枯时秋恨成。
  深知身在情长在，

怅望江头江水声。

　　人之大患患于有身，人之大患也患于有情，这首诗写的是人生亘古之恨。就在这些闪闪的文学灵光照耀之下，奚淞与我便渐渐建立起一段终生不渝、高山流水的情谊来。

　　因为信任，彼此"交心"，常常在酒过三巡之后，半醉半醒，互相道出了心中一些平日不愿也不敢碰触的密语，有时诉说到深夜，一直讲到天明，恨不得一夜间将平生心事都掀了出来，因为好不容易遇见一个听得懂自己话的人，所以尽情倾吐不能自已。"若有知音见采，不辞遍唱阳春"——这是晏殊的词。

　　奚淞也出身于大家庭，兄弟姊妹多。大陆撤守，兵荒马乱，幼小的奚淞被寄养在亲戚家，这与父母骤然的割离，似乎造成了他永恒的童年"创伤"（trauma），他青少年时的"落寞寡欢，乖僻离群"恐怕都是根源于那道无法愈合幼年时的伤痕。不要小看这些小时候受过的伤痛，这种幼稚心灵上的"创伤"，可能像幽灵一般紧紧跟随你一辈子，甩也甩不掉的。几年前我和奚淞一同到香港，他在香港大学开画展，他回忆四岁时从台湾到香港迢迢寻亲，我们找到他住过的那栋楼房，他亲生父母的住处。我看到他面上惊喜过后那淡淡的一丝怅然，大概他又忆起他那孤独的童年来了。

　　我在六岁染上肺病，被家里隔离以前，据母亲说，本是个活泼好动，还有点霸道的孩子。那一病将近五年，有时我一个人被"囚禁"在半山上，有时被"放逐"到郊外独栋的房子里，远远离开我那一大群兄弟姊妹，因为抗战期间，肺病在中国几乎是等于绝症，极易传染，大家谈痨色变，没有人敢亲近，我的玩伴是几只捡来的流浪狗。失去童年的欢乐，使得我变得孤僻不群，过度敏感。我在中学的青少年阶段,是"寂寞的十七岁",不爱理人,同学们误以为高傲,事实上外表的孤傲只是在掩饰内心的慌张。这种青少年时期离群的孤独,奚淞是了解的。

奚淞在《姆妈,看这片繁花!》的散文集中,有一篇文章写到有一次亲戚背着幼年的奚淞逛街,奚淞看见路旁电线杆下蹲着一个孩子在号啕大哭,哭得十分伤心,他从亲戚背上挣脱下来,跑到那孩子身边,也陪着那个孩子痛哭起来。那个孩子可能也是一个患了肺病无人理睬的弃儿。小小奚淞便有着闻声救苦的菩萨心肠,所以他日后注定要走上礼佛修行,普度众生的道路。因为世人的苦痛,他体验最深,怜悯也最甚,他手绘的观音佛像不知曾经给过多少人带来心灵上的安抚与慰藉。我在美国及台北的家中,也各迎回一幅奚淞的观音菩萨。

似水流年,五十年间如反掌,"如梦幻泡影""如露亦如电",奚淞古稀,我亦耄耋,奚淞早已修行得慈眉善目,我的一腔"幽怨"也都写进小说中去了。两个老友日暮相逢,偶尔忆起遥远的当年,狂歌当哭,放浪形骸之外的青春岁月,不禁莞尔,终至呵呵。

奚淞手抄唐诗赠送予我,我将之悬挂案头,是杜甫《奉简高三十五使君》的后半首:

　　行色秋将晚,
　　交情老更亲。
　　天涯喜相见,
　　披豁对吾真。

丰饶之海
——画家黄铭昌的绿宇宙

几十年前，初中毕业环岛旅行，我第一次见到花莲，后来也有几次机会去，花莲给我最深的印象就是它的颜色，因为空气没有污染，上下澄明，海洋、稻田、山丘。山丘上的丛林，一片接着一片干干净净的绿，好像清水冲洗过一般，绿得发亮，绿得耀眼。这些年，台湾其他地方，相继开发，有的地方早已变得面目全非，唯独花莲一带，因为交通阻隔，反而能够保住它的天然风貌，成为台湾最后一块净土。

画家黄铭昌便生长在花莲的农村瑞穗乡里。据黄铭昌自述，那是一个世外桃源，从小他便奔驰在山野田间，度过一段无忧无虑的少年时期。花莲独特的山光水色必定对画家黄铭昌有着一股根深蒂固的影响力。很可能就是他日后创作最原始的泉源。花莲背山面海，太平洋一望无际，这使得黄铭昌视野辽阔，他的风景画，哪怕只是一方稻田，也都是开放型的。花莲纯净的色调，大概也让黄铭昌自小便受到训练，使他对花莲绿特别敏感，以至日后他的画作形成了一个具有强烈个人风格的绿宇宙。黄铭昌，是个自自然然的

黄铭昌绘白先勇画像

"花莲之子"。

其实黄铭昌大学期间是来台北求学的,日后也长居台北。其间又去了法国,在"城市中的城市"巴黎学艺数年,可是有意思的是他对都市文明似乎一直无动于衷,他画中取景除了台湾农村,还有印尼峇里岛(巴厘岛)、马来西亚、越南。一些亚热带还未经开发的自然景观,这些地区的农村风貌,与台湾相似。稻田、香蕉、棕榈、椰树——放眼一片绿,"花莲之子"黄铭昌似乎一直在复制他童年记忆中那片"桃花源"。这些画中东南亚的景色,其实也就是他对原乡一股浓浓乡愁的投射。这股乡愁,来自他对乌托邦式"桃花源"的向往与眷恋。归真返璞,是黄铭昌画作中的一贯主题。他的画作可以说是一首礼赞大自然的"田园交响曲"。

八十年代,黄铭昌居住的新店寓所,面朝大顷稻田,春来碧绿一片，那恐怕是台北市边缘最后一块水稻田了。这片绿地曾经带给黄铭昌创作灵感。他画下了他转型期的"远眺系列"。阳台栏杆，人物倚栏远眺，外面是一片远达山边的稻田。画家似乎预感到这片都市边缘的绿地即将被都市文明吞没。画中人，即使是背影也感受到他（她）对眼前那片田园美景的不胜依依。果不其然，没有多久，巨型的挖土机，把那片稻田全部铲平，因为捷运延伸过来了，那片稻田一夕间变成了今日的小碧潭捷运站。"远眺系列"便成为一则沧海桑田"失乐园"的预言。

当然，黄铭昌的画作中，最著名亦是成就最高的应是他的"水稻田系列"。我记得九十年代初，我在黄铭昌的画室，首次看到他的《风中的水稻田》，为之惊艳，不禁脱口而出："好一片丰饶之海！"整幅是一大顷稻海禾浪，满盈盈的一片绿。细看，原来这片稻海竟是一笔一笔千千万万株禾稻密绵连缀而成，下笔之精工，令人叹为观止。这幅画透露着一股丰饶厚实的生命力，似乎是从大地泥土里冒出来的，禾浪由近而远，前一波推动下一波，滚滚奔向无涯，整幅画是不停地在颤动——那是一种生命的骚动。我们似乎听到稻浪的沙沙，闻到稔熟的禾香。稻米本来就是生命最基本的粮食，黄铭昌选择稻田作为他画作的主题，也就是找到了他创作的精神粮食。从此，他展开了他的"水稻田系列"，一幅接一幅，组成了他声势浩大的"田园交响曲"。

黄铭昌的画风有几点值得注意。一开始黄铭昌便偏向写实风格。虽然他旅欧多年，对于西方油画也有广泛接触与研究。但他对于十九、二十世纪西方现代画，诸多超现实主义的流派一直没有受其诱惑，不像一些中国画家，仿效西方现代画超现实流派，将自然面貌严重扭曲。黄铭昌自称他最心仪的其实是文艺复兴时期那些古典写实的大师。至于中国的绘画传统，他崇尚北宋初期的画风，文人画的写意风格，好像对他并没有影响。因此黄铭昌是一个扎扎实实的写实画家。他对于自然真貌永怀着一份虔诚，而且充满热爱。因此，他的画中阳光满布，处处透着温暖，有盛夏的丰硕、初春的盎然，但绝无秋天的萧瑟、冬日的阴寒。"桃花源"中本来就应该四季常春。

黄铭昌画作另一个特点便是他的用色，"水稻田系列"几乎是清一色的绿，其他系列也是绿占有主位。我还想不出有其他画家如此重用绿色，而且用得这样丰富多变，层次分明。绿色光谱，由浅到深，统统入画。如果把"水稻田系列""海看系列"陈列起来，这些绿色画作互相辉映，你唱我和，将会形成一个绿宇宙，人在其中，生机蓬勃，须眉皆碧，都市人会因此而得到"失乐园"后的疗伤作用。

画如其人，我认识黄铭昌近四十年，令人惊讶的是他的赤子天真，数十年来丝毫未变。这大概就是他作为一位本色艺术家最重要的特质吧。黄铭昌的画作浑然天成。他的画很受欢迎，常常成为收藏对象。

这也可以理解，在机械文明、都市开发过分侵害大自然的当今，人们对"桃花源"的乌托邦自然会生出无限向往。黄铭昌的绿色"田园交响曲"正好给人们带来心灵上的抚慰，是一帖强力的安神剂。

近年来，台湾乡土文化的成就，"花莲之子"黄铭昌的田园画，应该列为代表之一。

卓以玉的有情世界

我与卓以玉相识于童年,她是我三姐先明在上海中西女中的同班好友,因此她在少女时期已经常到我们家走动了。一九四九年后,我们两家都到了香港,卓以玉恰好住在隔壁巷子,来往更勤,跟我们全家都很熟,后来各奔前程,各往西东,没想到三十年后又在美国重逢,我在加州大学圣芭芭拉分校教书,卓以玉也是同行,执教于加州州立大学圣地亚哥校区。人生聚散,分合随缘,卓以玉跟我们的缘分数十年来,不绝如缕,中间纵有离别,最后终能团聚,一切岂非前定?卓以玉从小给我的印象总是笑眯眯一团和气,是个极可亲近的人。她天生慧根,聪明剔透,诗、书、画无一不精,是个现代才女。

王国维的论词名著《人间词话》开宗明义便说:

  词以境界为最上。有境界则自成高格。

又说:

> 境非独谓景物也。喜怒哀乐，亦人心中之一境界。故能写真景物、真感情者，谓之有境界，否则谓之无境界。

王国维论词的最高标准"境界"二字亦可用来评卓以玉的诗与画。卓以玉的诗画同源，启发于一个"情"字。卓以玉是"有情人"，她的诗是"有情诗"，她的画是"有情画"。卓以玉以款款深情观察万物，在她笔下，春花秋月、夏云冬雪、一朵花、一行树、一座山、一片云，莫不生机盎然，浑然天成。她的画有境界，因为真情毕露，而她的真情世界来源有二。一是情发于天然赤子之心，所以观宇宙万物皆自得，她的画自有一分拙朴、可爱，而卓以玉修佛有年，笃信密宗，因此她的情又出自她的佛心，故能超然物外，以大悲之情，俯视众生，她的画中，纵然红绿纷呈，最后终能归于宁静和谐，一片澄明。

卓以玉的诗画境界相当独特，完全是属于她个人的"造境"。其实，卓以玉家学渊源，又受过严格的学院训练，她的祖父卓君庸是北大书法家，卓以玉曾跟祖父学习书法。她本人大学留美念建筑，后又改习艺术史，博士论文是论齐白石与中国美学。难能可贵的是卓以玉的画完全不受任何派别的拘束，既具象亦抽象，既传统亦现代，中西兼容，古今不拘，我们在她的画中也许可以看到从米芾到张大千中国画写意传统的影响，或者是西方现代主义印象派莫奈（Monet）等人的朦胧风格，但卓以玉大胆拿来，随手一变，便能完全推陈出新，创造出一幅幅纯粹属于她自己的山山水水、花花草草来。她的山水，一点也不带中国文人画自倪云林以降，元明大家作品中常有的苦寒萧瑟。她的青山妩媚，流水潺湲，是一个鸟语花香，带给人间无限喜悦与吉祥的世界。这又跟卓以玉的修持信仰有关了。她除了深究密宗佛理，又精于勘舆学，是位著名的风水师，引导人世趋吉避凶，对于宇宙气场的运行，她独具慧眼，所以她的画，画的虽然是风花雪月、草木山水，但处处暗藏玄机，那些花、那些树、那一片山峰，都似乎在悄悄地吐露着宇宙间的神秘。她的画是一首赞美生命的诗歌。

  卓以玉以诗入画，以画写诗。她的诗也别具一格，浅显易懂，近乎歌谣，但感情丰富，颇多巧思：

> 天天天蓝
> 教我不想他　也难
> 不知情的孩子
> 他还要问
> 你的眼睛为什么　出汗？

  这首《天天天蓝》是卓以玉的名著，曾谱成歌曲，流行于华人世界，迄今不衰。

  卓以玉教授曾经在美国多所博物馆及大学名校如哈佛、斯坦福等开过画展，她的画可以说人见人爱。

摄影是他的诗
——因美生情，以情入镜

初识柯锡杰是在一九八二年，那年春天我正在台北筹备舞台剧《游园惊梦》的演出，舞台设计可能用得上牡丹花的幻灯片，柯锡杰愿意助我们一臂之力，到日本京都去拍摄牡丹，可惜时机稍晚，花事已过，没有拍成，我常引以为憾。如果京都的牡丹由柯锡杰拍出来，一定美艳惊人。我观赏过柯锡杰的一些风景名作，地中海上空那一片无边无垠的亮蓝，冷冽宁静的背后，总有一团无形火在熊熊燃烧，那团火焰就是柯锡杰对唯美追求的激情所化。柯锡杰走过世界海角天涯，似乎就为了捕捉宇宙间千变万化最美的刹那，将之定格，摄入镜头，化为永恒。柯锡杰视野广、胸襟宽，即使小品一幅，亦具大家风范。

遇见柯锡杰的时候，他已是满头白发，可是一头丰盛如丝的白发下面，却覆盖着一张没有时间印痕的童子脸，鹤发童颜，这就是永存赤子之心的摄影家柯锡杰最鲜明的标志。那时他刚认识他的舞蹈家妻子樊洁兮，我看他与樊洁兮在一块儿时，竟兴奋得像个恋爱中的青少年。至情至性，恐怕就是柯锡杰成为一位摄影大师的首要条件。如果柯锡杰的风景偶尔还带有一抹寂天寞地的苍凉,他的人物都是一幅幅充满人间温暖的众生相。

就如同他的风景,柯锡杰拍摄人物,也试图在凝固瞬息万变的容颜最美的一刻,人面何时最美?我想应该是真情毕露的瞬间。柯锡杰早期拍摄过一张感人至深的杰作——《盲母》,一位行乞的盲妇怀中搂住一个头生癞疮的婴儿,盲妇的笑容是那般地自足、温柔,她双手捧着亲生骨肉,似乎感激上天的恩赐,她那双盲眼竟传出了内心无限喜悦的光芒。

当然,柯锡杰还拍摄过各号"人物",宗教家、企业主,到文化人,各行各业,但重要的是,柯锡杰的镜头却能抽离他们的社会身份,将他们真人的情感流露一把抓住,那,也就是他人物最美的时刻。印顺法师是台湾佛教界的尊师,是台湾各派佛教领袖仰止的高僧。可是从柯锡杰镜头显现出来的,却是一位身披黄色袈裟的九旬老人,老人慈悲的笑容,包容了人间的一切。最近我看到大爱电视台播放的《印顺导师传》,印顺法师提到他最初受戒于普陀山,六十三年后重返旧地,出家人本应看破红尘,四大皆空,而老法师却禁不住泫然泪下,柯锡杰的印顺法师是一位会掉泪的人间菩萨。

台积电是台湾高科技企业的龙头,领导人张忠谋出现在报章杂志上的影像,背后似乎像衬着台积电半导体王国的一面版图。可是柯锡杰却拍出了张忠谋与他新婚夫人张淑芬一幅动人的晚晴图。张忠谋不再是意气风发的实业家,而是一位白发灿然的丈夫,对他的美丽妻子流露出款款深情。画家席德进晚年罹患肝癌,病至奄奄一息,柯锡杰为了要帮席德进最后一刻生命留下影像的记录,竟不惜硬逼他从地板上霍然站起,拍下了他满脸桀骜不驯的怒容,那恰恰就是席德进最真实的一刻,一个永不服输,甚至不肯向死亡低头的孤傲艺术家。

柯锡杰用影像替台湾撰史,他的人物影集,等于一本台湾的人物合传,以一幅幅美丽的容颜,拼凑成一册多姿多彩的文化发展史。

修菩萨行
——杜聪与河南艾滋孤儿的故事

杜聪与我结缘二十一年。一九九二年我第一次跟杜聪会面是在洛杉矶我朋友的家中,他那时还在哈佛大学念硕士,主修东亚研究。他对民国史特别感兴趣,这里有家族的渊源:原来他外婆的祖母就是孙中山的姐姐。

杜聪远从波士顿到洛杉矶来会我是因为选读的中国文学课程需要写论文,他挑中了我的小说《孽子》,所以来访问原作者。他那时给我的印象是一个有礼貌、有教养、聪明温文的青年学子。他出生于香港,中学便来到美国求学,可是他对中国文化,尤其是传统文化怀有一份由衷的尊敬与热爱,这一点使我们之间马上建立对话,开始我们悠久的忘年之交。

后来杜聪到纽约从事金融工作去了,他在银行界做得很成功,年纪轻轻,高薪厚职。杜聪在纽约过的完全是美国中产阶级的生活,杜聪懂得生活,喜欢生活,也享受生活。他常去大都会歌剧院听歌剧,曼哈顿最高级的美食餐厅,他都去过。他去欧洲旅行,好玩的地方如数家珍。如果他继续在纽约工作下去,大概也就变成了一个典型的华尔街族,一架超级赚钱机器,但是上天赋予他的使命远不止此,杜聪要担负的,将是一项度千万人苦厄,巨大无比的人生重任。

一九九五年,一个偶然机会,杜聪调职香港,回到他自己的家乡,在香港他成立了智行基金会——这个日后变成他从事慈善事业的基础。二十一世纪初,又一个偶然机会——事后看来,也许并不偶然,而是上天一步一步地安排——杜聪在北京遇到一个因输血而传染艾滋病的青年,医院追踪到污血的来源,竟是河南的农村。观世音菩萨闻声救苦,在这个关键时刻——二〇〇一年,杜聪似乎也聆听到那些无助孤儿发出来求救的哀音,把他引到了河南那些"艾滋村",他从此踏上了修菩萨行的道路。

杜聪走进一户人家,两位老祖父母带领着五六个孙儿过活,两房儿子媳妇统统因为卖血染上艾滋病亡故了。老夫妇本来自己生活已嫌艰难,一下子增加了一群孙儿,两个白发苍苍的老人,活活被生活的重担压垮。杜聪又进到另外一家,父母都染上艾滋,父亲先走,母亲病得奄奄一息,剩下一个初中辍学的女儿,即将变成举目无亲的孤女;弥留在床的病妇向杜聪哀求,希望在她身后杜聪能帮助她的孤女复学,给她的孩子一个未来。病妇托孤,让杜聪受到极大的震撼,他承诺下来,要帮她的孩子回归学校,得到一个向上的机会,那是杜聪对河南的艾滋孤儿所行的第一个善举。此后近十年间,杜聪的智行基金会帮助了一万二千个孤儿复学,其中已有五百个考上大学,这些曾经坠入绝望深渊的孩子,由于杜聪一念善举,而改变了一生命运。

这十年来,杜聪全身投入扶助艾滋孤儿的事业,他辞去了银行高薪的职位,他已升到银行董事,奔走于香港与河南之间;无论寒冬炎夏，杜聪总跟他的那些孤儿在一起，共甘苦，粗食淡饭，甘之如饴，这与他在纽约的享乐生活有天壤之别。是面对人类大悲剧、大苦痛时，启发了杜聪近乎宗教救赎，己溺己饥的情操。我相信，杜聪本来就有善根佛心，他全家信佛，辅救河南孤儿，杜聪立下终身相许的悲愿。

杜聪也会有感到挫败的时候，他告诉我，有一阵子，他一个人曾在夜里哭泣，因为面对的灾难实在太大，向他求助的人太多，他感到个人力量太微薄，因而觉得沮丧无助。我安慰他：佛家说"救人一命胜造七级浮屠"，你早已不止救过一个人的性命了。我比喻给他听，艾滋风暴如一场森林大火，四处蔓延，绝不是你一个人能扑灭的，但你如果能把眼前一些火头熄灭，已是功德无量。事实上，杜聪这些年来，扶助艾滋孤儿，成绩斐然，他得到联合国的资助，美国克林顿总统也曾到过河南会见他的孤儿，大小的慈善奖杜聪都得过了，然而我认为杜聪最大的贡献是他给他的孤儿们带来了人生的希望。他的孤儿们都叫他"杜叔叔"，他们失去的亲情，从杜聪身上得到了补偿。前两年，杜聪邀请一连两批孤儿大学生到香港来参加马拉松赛跑。我见到这些年轻人，他们脸上已察觉不到当年灾难留下的阴影，我看到的是一股努力向上的自信与意志。他们的专业，有计算机、石化、医学、护士、外语，还有一位女孩在东南大学念电气工程。可以想见，乘着这波"中国崛起"，这些孤儿学生的前途是光明的。如果没有杜聪扶助孤儿计划，这些年轻人，恐怕仍在河南穷苦农村耕田维生，或者浪迹天涯当民工去了。假期，有的大学生回到家乡，参加杜聪的计划当义工，扶助其他仍在苦难中的孤儿。二〇〇八年四川大地震，杜聪率领一群孤儿学生到四川救灾。那些孤儿学生回来说，他们见到更大的灾难，帮助过其他比他们更不幸的难民，他们愈加懂得惜福感恩。我觉得这才是杜聪扶助孤儿计划了不起的地方，他不仅给予孤儿们金钱物质的帮助，更恢复了那些年轻人对人生的信念，启动了他们的善心，懂得感激回报。

杜聪近来跟我说，他的"家累"越来越重了，因为他手上有八千多个孩子等着他替他们缴学费，一年他需募款一百八十万美金才够开销。这当然不是一件容易的事。尤其这两三年世界经济不景气，募款更加困难。我看他飞来飞去，不分昼夜，常常累得坐在车上打瞌睡——杜聪这几年睡眠严重不足。但他的孩子们学费没有着落，他没法安眠。我参加过两次杜聪在香港举办的募款义卖晚会，会上我帮他义卖，叫喊得声嘶力竭，希望替他多筹些捐款，只要筹到二万五千港币，便可帮一个大学生读书四年，也就很可能改变那个年轻人的一生。杜聪修菩萨行所要走的道路是崎岖而累人的，但是十年献身，杜聪在精神上却得到大丰收。

"助人为快乐之本"，我看杜聪跟那些孤儿合照时，总笑得那样快乐而满足，他在度那些孩子，携领一万二千个孤儿脱离苦厄，那些孩子也在度他，给他一个机会，完成他人生最庄严的"救孤"悲愿，杜聪是上天派遣给那些孤儿的"人间菩萨"。

潇洒一生
——怀念杨月荪

我跟杨月荪很早很早就认识了,那是大半个世纪以前,一九六二年左右,我刚从台大毕业,月荪正在《大华晚报》当实习记者,月荪与我同年,两个年轻人二十出头,因为谈得来,一下子便变成了挚友,这份情谊一直维持到最后。

很快我们都出国了,我到爱荷华大学念书,毕业后在加州大学圣芭芭拉校区找到一份工作,恰巧月荪也到了旧金山,在旧金山州立大学中文班教中文。月荪是北京人,一口京片子,他在美国教中文占了很大便宜,于是我们在旧金山又见面了。

异国重逢自是兴奋。那几天,月荪陪我遍游旧金山,六十年代,正是美国社会剧变的狂飙时代,反越战引起的嬉皮士运动,就是由旧金山发起,遍街的flower children(佩花嬉皮士)奇装异服,长发披肩,又唱又跳,这批战后成长的青年,一反美国中产阶级的成规价值,打破美国社会许多禁忌,导致日后种族、妇女、性别各种解放运动,我与月荪那时刚到美国不久,在旧金山目睹这场热闹非凡的社会"街头剧",自然感到眼花缭乱,好奇万分。

月荪后来到蒙特雷（Monterey）语言学校教书，我们时有来往。蒙特雷是北加州的一个风景胜地。月荪那几年在蒙特雷过了一段相当惬意的生活，教了一群美国大兵念中文。有一年圣诞夜，我开了五个钟头的汽车，载了诗人王润华、淡莹夫妇一同到蒙特雷与月荪过圣诞，他亲自下厨做了一桌子的佳肴款待我们，月荪厨艺很有两下，那是一个令人难忘的圣诞，大家都喝得有了几分酒意。喝醉了酒，杨月荪就爱唱歌，而且一唱就没有休止。他的记性真好，当时的流行歌，不知他怎么记得那么多。

八十年代，杨月荪最后还是选择回台定居，在师范大学教授新闻英文，一直到他退休。在师大教书，可能是月荪一生中做过比较有意义的事情，他教出不少优秀的学生，有的现在在新闻界已担任要职，而且他的学生都很感念他，这本纪念文集，也是他的学生替他编纂的。

月荪思维敏捷过人，眼快手快，其实是一流的记者材料，有一次他与陈香梅同机，飞机到达台湾，他已写好一篇很像样的访问稿寄到报馆了。如果他认真选择新闻事业，他一定会成为一名名记者。但月荪淡泊名利，偶尔写写专栏，也就乐在其中。

月荪其实是一支好译笔，他在美国多年，熟悉美式英语，又有记者训练，文笔流畅。他译过杜鲁门·卡波特（Truman Capote）的《冷血》（*In Cold Blood*），卡波特笔锋锐利，出语尖刻，倒合了月荪的胃口。《冷血》是一本记载一桩耸动美国的谋杀案的报道文学，在台湾颇畅销，但译书也是月荪兴之所至的附带品，他并没有认真想做一个翻译家。我看他的翻译才能被投闲置散，很是可惜，便寄了一本田纳西·威廉斯的回忆录给他，鼓励他翻译出来，威廉斯一生大起大落，感情生活落魄跌宕，就如他那些名剧一样精彩。

月荪对威廉斯放浪不羁的个性,颇能认同,他译的《田纳西·威廉斯忏悔录》深得原著精髓,是一本上乘译著。月荪最后一本译书《借来的时间》,保罗·莫奈(Paul Monette)的 *Borrowed Time*,也是我敦促他翻译的。月荪那一阵子,精神沮丧,我觉得致力译书也许可以助他疗伤,莫奈这本回忆录记载他与爱人罗杰共同抵抗艾滋病的辛酸过程,写得惊心动魄,摧人心肝,月荪读后深为感动,花了很大力气,把这本书译完。但这本书的出版却几经周折,各处漂流十年之久,最后才由允晨出版。二〇〇八年,这本书到达月荪手中,月荪已经重病在床。保罗·莫奈在《借来的时间》中如此开场:我不知道我是否还能活着完成这本书。月荪在允晨版的后记中也有类似的谶语。但幸亏在他生前最后一刻,终于看到他笔下的成果。

其实杨月荪是个特立独行、我行我素的人物。他能抛脱一切礼俗羁绊,放浪于形骸之外,任性飘荡,恣意翱翔,按照他自身逻辑,走完他很不平常的人生路途。月荪感情丰富,极端敏感,但在感情路上,他却走得颠簸,迄无结果。从前我想到月荪的一生,总不免有点替他惋惜,但近来我突然有了新的憬悟。也许月荪这种不拘世俗,事业、感情任意挥霍的态度,正是他与众不同之处,他潇潇洒洒过了一生,赤条条来去无牵挂,在这滚滚红尘中,一关关经历过应有的劫数,还清孽债,完成他特殊的命运。

文学因缘
——感念夏志清先生

我因文学而结识的朋友不少,但我与夏志清先生的一段文学因缘,却特殊而又悠久,前后算算竟有半个多世纪了。我在台大念书的时期,便从业师夏济安先生主编的《文学杂志》上读到夏志清先生的文章。尤其是他那篇论张爱玲小说《秧歌》的力作,对当时台湾文学界有振聋启聩的作用,两位夏先生可以说都是我们那个世代的文学启蒙老师。

一九六三年我到美国念书,暑假到纽约,遂有机会去拜访夏志清先生,同行的有同班同学欧阳子、陈若曦等人。因为我们都是夏先生兄长济安先生的学生,同时又是一群对文学特别爱好、开始从事创作的青年,我们在台大创办的《现代文学》杂志,夏先生亦是知晓的,所以他对我们特别亲切,分外热心,那天他领了我们一伙去哈德孙河(Hudson River)坐游船。那是个初夏的晴天,哈德孙河上凉风习习,纽约风光,历历在目,夏先生那天的兴致特别高,笑话一直没有停过,热闹非凡,五十年前那幅情景,迄今栩栩如生。有夏先生在,人生没有冷场的时候,生命不会寂寞,他身上散发出来的一股强烈的光与热，照亮自己，温暖别人。

一九六三年夏天，我在哥伦比亚大学上暑期班，选了一门玛莎·弗莉（Martha Foley）开的"小说创作"，弗莉是《美国短篇小说年度选》的资深编辑，这本年度选集，颇具权威，课上弗莉还请了一些名作家如尤多拉·韦尔蒂（Eudora Welty）来现身说法。课余，我便到哥大Kent Hall夏先生的办公室去找他聊天。那时年轻不懂事，在夏先生面前高谈阔论，夸夸其谈自己的文学抱负，《现代文学》如何如何，说得兴起，竟完全不顾自身的浅薄无知，夏先生总是耐心地听着，还不时说几句鼓励的话。夏先生那时心中不知怎么想，大概会觉得我天真幼稚，不以为忤。夏先生本人从不讲究虚套，快人快语，是个百分之百的"真人"，因此我在他面前，也没有什么顾忌，说的都是心里话。打从头起，我与夏先生之间，便建立了一份亦师亦友、忘年之交的关系，这份情谊，一直维持了半个世纪，弥足珍惜，令人怀念。

后来我回到爱荷华大学念书，毕业后到加州大学教书，这期间，我开始撰写《台北人》与《纽约客》系列的短篇小说，同时也开始与夏先生通信往来，几乎我每写完一篇小说登在《现代文学》上后，总会在信上与他讨论一番。夏先生私下与人相处，非常随和，爱开玩笑，有时候兴奋起来，竟会"口不择言"，但他治学严谨却是出了名的，他写信的态度口气，与他平时谈吐亦大不相同，真诚严肃，一本正经，从他的书信看得出来，其实夏先生是个心思缜密、洞烛世情的人，而他又极能宽厚待人，对人对生命，他都持有一份哀怜之心。试看他与张爱玲的书信往来，夏先生爱其才，而又悯其坎坷一生，对她分外体贴入微。他们之间的信件，真情毕露，颇为动人。

我有幸也与夏先生保持一段相当长时间的书信往返，他对我在创作上的鼓励是大的。夏先生对已成名的作家，评判标准相当严苛，他在《中国现代小说史》中对鲁迅、巴金等人丝毫不假辞色，可是他对刚起步的青年作家却小心翼翼，很少说重话，以免打击他们的信心。那段期间我与夏先生在文学创作上，互相交流，是我们两人交往最愉快的时光，每次收到他那一封封字体小而密的信，总是一阵喜悦，阅读再三。我的小说，他看得非常仔细，而且常常有我意料不到的看法。《纽约客》系列他比较喜欢《谪仙记》，他认为结尾那一段李彤自杀，消息传来，她那些朋友的反应，压抑的悲哀，写得节制而达到应有的效果。后来他把《谪仙记》收入他编的那本《二十世纪中国小说选》，英文是我自己译的，经过夏先生精心润饰，其中也选了张爱玲的《金锁记》，这本选集由哥伦比亚大学出版，当时有不少美国大学当作教科书。

我们在讨论《台北人》小说系列时，我受益最多，关于《游园惊梦》，他说我熟悉官宦生活，所以写得地道。他又说在《满天里亮晶晶的星星》里，我对老人赋予罕有的同情。一般论者都认为这只是一篇写同性恋者的故事，夏先生却看出这篇小说的主旨其实是在写年华老去的亘古哀愁。至于对《台北人》整体的评价，他说《台北人》可以说是部民国史，民国的重大事件：武昌起义、五四运动、抗日战争、国共内战，都写到小说中去了。

一九六九年夏先生写了一篇一万多字的长文《白先勇论（上）》评论我的小说，这篇文章发表在《现代文学》十二月第三十九期上。那时我只写了二十五篇短篇小说，《台北人》系列才完成七篇。夏先生这篇论文，对我的小说评价在当时起了很大的肯定作用。文中有些溢美之辞："白先勇是当代短篇小说家中少见的奇才。""在艺术成就上可和白先勇后期小说相比或超越他的，从鲁迅到张爱玲也不过五六人。""尤其从《永远的尹雪艳》到《那片血一般红的杜鹃花》那七篇总名《台北人》的小说，篇篇结构精致，文字洗练，人物生动，观察深入，奠定了白先勇今日众口交誉的地位。"这篇"上论"其实只论到早期几篇小说。他认为早期写得最好的一篇是《玉卿嫂》，他详细深入地分析了这一篇小说，他引用爱神维纳斯（Venus）与美少年阿多尼斯（Adonis）的悲剧神话，来比喻玉卿嫂与庆生之间一段冤孽式的爱情故事，观点颇具创意。

《白先勇论（上）》最后夏先生如此预告："我对《芝加哥之死》要说的话很多，留在本文第三节同别的后期小说一并讨论。"但夏先生始终没有写出下篇，可能他想等我的《台北人》系列写完后，再论。可是《台北人》一直到一九七一年才写完，接着欧阳子分析《台北人》一系列的文章陆续登出，并结集为《王谢堂前的燕子》，夏先生有一次跟我通信提到《台北人》已有人精心论析，他认为他自己不必再写了。后来《寂寞的十七岁》出版时，夏先生把《白先勇论（上）》改为《白先勇的早期小说》当作序言。

夏先生在我教书生涯上，亦帮了大忙。一九六五年我从爱荷华大学作家工作室拿到艺术硕士学位。这种学位以创作为主，止于硕士。当时我的选择有两个：我可以继续攻读博士，循着一般当教授的途径，在美国念文学博士起码要花四五年的工夫，我那时急着要写自己的小说，不愿意花那么大的工夫去苦读研究别人的作品，而且好像写小说的人，很少有念博士学位的。另一个选择就是找份工作，一面写作。正好加州大学圣芭芭拉校区东方语文系有一个讲师空缺，教授中国语文，我去申请得以录取，夏先生的推荐函有很大的影响，以夏先生在美国汉学界的地位，他的推荐当然有一定的分量。后来，在我长期的教书生涯中，每逢升等的关键时刻，夏先生都会大力推荐，呵护备至。因为我没有博士学位，在美国大学升等，十分不容易，我很幸运凭着创作及教学，一直升到正教授退休，夏先生一封封强而有力的推荐信，的确帮我渡过不少难关。其实夏先生提携后辈，不惜余力。他的弟子门生，对他都常怀感念。夏先生虽然饱受西洋文化的洗礼，事实上他为人处世，还是地地道道中国人的那一套：重人情、讲义气、热心肠、好助人。夏先生自哥大退休，接班人选中了青年学者王德威，他赏识王德威的才学，也喜欢他的性格，大力栽培，爱护有加，两人情同父子，夏先生晚年，王德威对夏先生的照顾亦是无微不至的。

虽然我长年在美国西岸加州大学教书，但我也有机会常到东岸，尤其是纽约，探望亲友、开会演讲。每次到纽约，我一定会去拜访夏先生。夏先生好客，我去了，他总会约好住在纽约我的老同学、老朋友：丛甦、庄信正等人一同到他喜欢的几家中国饭馆去共进晚餐。我记得有一次还到纽约中国城的"四五六"吃江浙菜，那家红烧大乌参特别有名。丛甦与庄信正是我的学长，也是夏济安先生的弟子，与夏志清先生及夏太太王洞女士数十年相交，是他们伉俪最亲近的朋友。我们几个人一同聚餐，谈笑无拘，是最快乐的时光。

一九七四年，亚洲研究协会（Association for Asian Studies）在东岸波士顿开年会，中国文学方面夏先生主持了一节研讨会，他邀我参加，我宣读的论文是《流浪的中国人——台湾小说的放逐主题》（"The Wandering Chinese—the Theme of Exile in Taiwan Fiction"）。平时我很少参加AAS的年会，年会的目的虽然说是学术界互相切磋，但很多时候是为了觅职，互攀关系。但那次因为是夏先生当主持人，而且许多朋友都参加了，我记得有李欧梵、刘绍铭、杨牧、于梨华、钟玲、陈幼石等人。热闹非凡。那次夏先生特别高兴。

一九八二年，我的小说《游园惊梦》改编成舞台剧，在台北中山纪念馆公演十场，轰动一时。纽约大学中国同学会邀请我与女主角卢燕到纽约大学去放映《游》剧录像带，并举行座谈会，夏先生与丛甦都被邀请参加座谈会。夏先生对卢燕的演技十分激赏，他说我写《游园惊梦》是Stubbornly Chinese。那时李安正在纽约大学念电影，他也来参加座谈会。会后还邀请我们观赏他的学生毕业短片。没想到后来他变成了国际大导演，是台湾之光。

一九九一年，夏先生七十岁退休，王德威精心策划，在哥伦比亚大学开了一个研讨会，将夏先生的弟子都召唤回来，替夏先生祝寿。有的宣读论文，有的自述跟夏先生的交往关系，其间还有夏先生的同事、老友，我也应邀参加。那是一个温馨而有趣的场合，夏先生的同事、门生一一上台，讲述了夏先生许多趣事、糗事，台下笑声不断。但大家的结论都推崇夏先生在西方汉学界，尤其是中国小说史述方面的巨大贡献，大家一致称赞。他的两本英文著作《中国现代小说史》《中国古典小说》是研究中国小说的两座里程碑，在西方学术界，有不可取代的地位。夏先生在哥大教书数十年，作育一大群洋弟子，散布在美国各大学教授中国文学，夏氏门生影响颇大。

夏先生八十岁生日时，我写了一篇长文《经典之作——推介夏志清教授的〈中国古典小说〉》，为夏先生祝寿，评介他那本经典论著，后来登在《联合报》上。说来《中国古典小说》这本书与我也很有一段因缘。夏先生对我们创办的《现代文学》一向大力支持，常常赐稿，他在这本杂志上发表过不少文章，而且都是极有分量的论文，远在一九六五年第二十六期上，首次刊出夏先生的《〈水浒传〉再评价》，这篇论文是他《中国古典小说》中《水浒传》那一章的前身，由何欣先生翻译，接着《现代文学》第二十七期又刊出夏先生的《〈红楼梦〉里的爱与怜悯》，这篇论文后来扩大成为他书中论《红楼梦》的那一章。那时我已知道夏先生在计划写《中国古典小说》这本书，付印前，我请他将样稿先寄给我阅读，因此，我可能是最早看到这本书的读者之一，我希望将此书各章尽快请人译成中文在《现代文学》登出。我记得那大概是一九六八年的初春，接到夏先生寄来厚厚一叠样稿，我花了几天工夫，不分昼夜，一口气把这本巨著看完了。看文学评论著作，很少让我感到那样兴奋过，《中国古典小说》这本书的确引导我对书中论到的六部经典小说，有了新的看法。

除了《三国演义》那一章是请庄信正译出刊在《现代文学》第三十八期（一九六九年）外，其余各章仍由何欣翻译，刊登在《现代文学》的有：《导论》《水浒传》《西游记》《红楼梦》。本来何先生把《金瓶梅》《儒林外史》也译出来了，但是当时《现代文学》财源枯竭，暂时停刊，所以《金瓶梅》《儒林外史》这两章中译始终未能登出。那时我自己创办晨钟出版社，有心将夏先生这本书的中译本在台湾出版，并征得了夏先生的同意，但因为夏先生出书谨慎，出版中译本须自己校对，仔细修改。这一拖下来，便是数年，直到晨钟停业，这本书仍未能付梓。这是一直耿耿于怀的一件事。一九八八年《中国古典小说》中译本终于问世，不过是在中国大陆出版的。这本著作本身就是一本经典，曾引导西方学界对中国古典小说研究走向新的途径，产生新的看法。在《现代文学》上登载的几章中译，对台湾学界，亦产生深刻的影响。

夏先生退休不久，患了心律不齐的病症，但他非常注重保养身体，所以这些年健康精神都还很不错，直到三年多前，夏先生因病住院，那次病情来势汹汹，夏先生在医院住了相当长的一段时期，全靠夏太太全心全力照顾呵护，才得转危为安。其间我常与夏太太通电话，用电邮联络，知道夏先生病情凶险，也暗暗替他着急，为他祈祷诵经。后来知道他康复出院了，大家才松了一口气。那段日子夏太太真是辛苦，每天探病，一个人长途跋涉，了不得地坚强。

前年（二〇一二年）秋天十一月间因我出版父亲的传记《父亲与民国》，纽约《世界日报》及华人作家协会，邀我到纽约演讲，同时苏州昆剧院也应邀到纽约演出青春版《牡丹亭》的精华折子。我在法拉盛演讲，听众有六七百人，夏先生与夏太太也去参加，我一讲就讲了三个钟头，因为父亲一生与民国历史都是讲不完的故事。夏先生坐在前排，竟撑住了，还听得很入神。青春版《牡丹亭》折子戏在亨特学院（Hunter College）的戏院上演，我请了一批朋友去看：丛甦、庄信正夫妇、李渝，当然还有夏先生、夏太太。那天的戏男女主角俞玖林、沈丰英演得特别卖力，尤其是俞玖林的《拾画》分外出彩，半个钟头的独角戏挥洒自如，夏先生坐在我身旁兴奋得指着台上叫了起来：那个男的怎么演得那么好！

看完戏第二天，夏先生、夏太太请我吃饭，庄信正夫妇也参加了，还有夏先生的妹妹。我们在附近一家有名的法国餐馆吃龙虾大餐，那次夏先生的精神气色都特别好，一点不像生过重病的样子，那天晚上，又跟我们从前聚餐一样，大家说得高兴，吃得开心。夏先生对人生那份乐观的热情，是有感染性的，跟他在一起，冬天也不会觉得寒冷。

夏先生病后已不便于行，需坐轮椅，那晚吃完饭，夏太太用轮椅推着夏先生回家，我看见夏太太努力地推着轮椅过马路，在秋风瑟瑟中两老互相扶持，相依为命，我心中不禁一阵悯然，深深被他们感动。

去年（二〇一三年）十二月二十九日夏先生过世，噩耗传来台北，虽然我已听说夏先生又因病住院，但是还是抵挡不住突来的伤痛，掉下泪来。我打电话到纽约给夏太太，她说夏先生走得很平静，前一天二十八号还吃了我叫Harry & David送过去的皇家梨（Royal Pears）。近年来我不在美国过圣诞，不过总会预先订好皇家梨，圣诞节送给夏先生，那是他最爱吃的水果。

谪仙记
——写给林青霞

林青霞的名字取得好，青霞两个字再恰当不过，不容更改。青色是春色，象征青春，而且是永远的。霞是天上的云彩，是天颜，不属人间。青霞其人其名，让我联想起李商隐的诗《霜月》："青女素娥俱耐冷，月中霜里斗婵娟。"青女乃主霜雪之神，冰肌玉骨，风鬟雾鬓，是位孤高仙子。林青霞是台湾制造出来的一则神话，这则神话在华人世界里闪耀了数十年，从未褪色。

我第一次看到林青霞的电影是一九七七年李翰祥导的那部《金玉良缘红楼梦》，她的第一部电影《窗外》，倒是后来在美国看到的。我自己是"红迷"，林青霞反串贾宝玉，令人好奇。说也奇怪，这些年来，前前后后，从电影、电视、各类戏剧中，真还看过不少男男女女的贾宝玉，怎么比来比去，还是林青霞的贾宝玉最接近《红楼梦》里的神瑛侍者怡红公子。林青霞在她一篇文章《我也梦红楼》中提到她与《红楼梦》的缘分，觉得自己前世就是青埂峰下那块大顽石。《红楼梦》写的是顽石历劫，神瑛侍者下凡投胎，是位谪仙，所以宝玉身上自有一股灵气，不同凡人。林青霞反串贾宝玉，也有一股谪仙的灵气，所以她不必演，本身就是个宝玉。这是别人拼命模仿，而达不到的。

一九八七年，隔了三十八年，我重回上海，上影厂的导演谢晋来找我商谈改编我的小说拍成电影的事。谢晋是当时大陆最具影响力的导演，他的《芙蓉镇》刚上演，震动全国。谢晋偏偏选中了《谪仙记》，这多少出我意料，这篇小说以美国及意大利为背景，外景不容易拍摄，谢晋不畏艰难，坚持要拍这个故事，因为他看中了故事中那位孤标傲世、倾倒众生的女主角李彤，他欣赏她那心比天高、不向世俗妥协的个性，也是一位在人间无处容身的谪仙，最后自沉于海，悲剧收场。这样一位头角峥嵘、光芒四射的角色，哪位女明星能演呢？谢晋跟我不约而同都想到林青霞，就是她。我们认为林青霞可以把李彤那一身傲气、贵气演得淋漓尽致。林青霞有那个派头。谢晋去接触林青霞，据说她已有允意，而且还飞到上海去试过镜，但那时台湾对大陆刚开放，还有许多不确定的因素，林青霞大概在诸多考虑之下，到底没接下这部片子。《谪仙记》后来改名为《最后的贵族》，李彤一角，落到潘虹身上，男主角是濮存昕。摄影组到纽约拍摄，拍到酒吧中李彤买醉那一场，林青霞突然出现，到现场探班。据武珍年的记载，林青霞"穿着黑色的上衣、裙子、黑色的大氅，飘逸地走到了我们大家面前"，她拥抱了潘虹，而且又"握住谢晋导演的手久久不放"，林青霞是在祝福潘虹，向谢晋致歉。林青霞大气，有风度。

潘虹是个好演员，最后李彤在威尼斯自沉的那场演得很深刻。但我常常在想，如果换成林青霞，踽踽独行在威尼斯的海边，夕阳影里，凉风习习，绝代佳人，一步一步走向那无垠的大海——那将是一个多么凄美动人的镜头。

其实我在八十年代初就跟林青霞会过面，一九八二年我的舞台剧《游园惊梦》在台北上演，轰动一时，制作单位新象的负责人许博允兴致勃勃，想接着把《永远的尹雪艳》也搬上舞台。他把林青霞约在一位朋友家里，大家相聚。尹雪艳是另一个遗世独立的冰雪美人，许博允大概认为林青霞就是永远的尹雪艳吧，那时林青霞红遍了半边天，可能头一次见面，有几分矜持，坐在那里，不多言语，一股冷艳逼人。后来跟青霞熟了，才发觉原来她本人一点也不"冷"，是个极温馨体贴的可人儿。二十多年后，一次在香港机场，等机时我买了一些日用品，正要到柜台付钱发觉已经有人替我付了，回头一看，青霞微笑着站在那里，很随便地穿了一件白衬衫，背了一个旅行袋，她跟施南生一伙正要到吴哥窟去。青霞已经退出影坛多年，看她一派轻松，好像人生重担已卸，开始归真返璞了。可是浓妆淡抹总相宜，风姿依旧。

二〇〇七年十月北京国家大剧院落成，开幕第一出戏邀请的便是青春版《牡丹亭》三本大戏。青霞在好友金圣华的怂恿下，也一起到北京去观赏《牡丹亭》。她没看过昆曲，只想试一试看第一本，哪晓得一连却看了三天，完了兴犹未尽，还邀请《牡丹亭》的青年演员去消夜，她一下便被昆曲的美迷住了，而且由衷地爱惜那群努力扮演《牡丹亭》的年轻伶人。十几个《牡丹亭》里的花神把青霞团团围住，女孩子们兴奋莫名，做梦也没想到居然能跟她们崇拜的偶像"东方不败"坐在一起，她们对青霞的电影如数家珍，原来大陆的电视常年在播放她的戏。青霞取出了一沓签名照片，给了那些女孩子一人一张。香港大学同时在北京举行了昆曲国际研讨会，在国家大剧院七重天的花瓣厅开了一个盛大的晚会，那晚文化界冠盖云集，青霞盛装出席，我挽着她进场时，全场的注意力，当然又集中在这颗熠熠发亮的星星身上了。

这几年青霞生活的重心之一是写作,她很认真,有几次跟我讨论,问我写作的诀窍,我说:写你的心里话。她的第一本书《窗里窗外》果真写下了许多心里话,可说是本"青霞心语",我写下这样的感想:

> 你这本书给我最深的感受是你对人的善良与温暖。
> "真"与"善"是你这本书最可贵的特质,因此这本书也很"美"。

这些话用在她第二本散文集《云去云来》上,也一样正确。第二本书还是以人物画像刻画得最好。《印象邓丽君》是一幅很动人的速写,邓丽君是另一则"台湾神话",她的甜美歌声,响彻大地,曾经是多少人的心灵鸡汤,尤其是饱受"文革"创伤的大陆同胞。林青霞、邓丽君在一起,一对丽人,倒还真像青女素娥,月中霜里斗婵娟。难为两位"神话人物",竟能彼此惺惺相惜,青霞写这篇纪念文章,极有分寸,写到两人的友情交往,含蓄不露,写到邓丽君香消玉殒,则哀而不伤,这都出于她对邓丽君的敬重,不肯轻率下笔的缘故吧。其实邓丽君不好写,她是个神秘女郎,她的声音在你耳边,可是她的人却飘忽不定,难以捉摸。青霞几笔速写,却把这个甜姐儿抓住了,勾画得有棱有角。

青霞跟张国荣的交情匪浅,两本书中都提到他,而且笔调都充满了怜惜与哀惋。二〇〇三年四月一日张国荣从文华酒店跳楼自杀,香港人为之心碎。此后青霞每上文华酒店,总要避开快船廊(Clipper Lounge),因为生前,张国荣常约她在那里聊天,青霞与张国荣之间似乎有一种相知相惜的心灵之交，张国荣事业鼎盛，满身荣耀，但无论在演唱会上或是电影中（《胭脂扣》《春光乍泄》《霸王别姬》），他的眼神里总有一痕抹不去的忧伤，青霞了解他，同情他为忧郁症缠身的痛苦。张国荣的孤独，她懂，因为她自己也有过同样的感受。同一篇文章中，她写到有一回拍完戏，深夜回返公寓，远眺窗外，一片灿烂，如此良夜，香港的美景当前，青霞突然感到孤单，不禁伤感哭泣起来。艺人爬到巅峰，高处不胜寒的孤独与寂寞，往往也就随之而来。

写到不同个性的人物，青霞的笔锋也随之一转。杨凡与张国荣两人南辕北辙，形容杨凡的调皮任性、潇洒豪放，青霞的笔调变得轻松活泼，《醉舞狂歌数十年》，她把杨凡写活了。甄珍与邓丽君又是一个强烈对比，她把甄珍写成《一个好女人》，她笔下的贤妻良母，变得有点诙谐，但看得出来，甄珍的贤惠，她是真心钦佩的。七十年代，甄珍刚冒红，我见过她，到过她家，甄珍少女时代就是一个乖乖女。

书中有几篇是写她的心路历程，青霞皈依佛教，《法王与你交心》记载她二〇〇八年到印度新德里去参拜大宝法王的神秘经验。起源是青霞的母亲因忧郁症不幸往生，青霞经常梦里见到母亲愁容不展，因此忧心忡忡，希望参谒法王，指点迷津。十七世大宝法王的确气势非凡，青霞见到他似乎感到地在震动，耳为之鸣。她如此形容：

　　大伙儿蹲跪在法王跟前，这时飞来两只黑色的鸽子，站在窗外的栏杆上，望过去恍如停在法王的肩头，守护着法王。法王撑了撑眼镜，嘴里发出一个声音，感觉就像是龙在叹息，仿佛有万千的感伤和肩负着沉重的压力。

匍匐在菩萨面前，佛门弟子林青霞感动得泪如雨下。

林青霞拍过上百部电影，扮演过人生百相，享尽影坛荣华，也历尽星海浮沉。演艺生涯变幻无常，有时不免令人兴起镜花水月、红楼一梦之慨，一个演员要有多深的内功定力，才能修成正果，面对大千世界，能以不变而应万变。我不禁纳罕，是一股什么样的内在力量，支撑着她抵挡住时间的消磨，常常不期然在她身上，我又仿佛看到了《窗外》那个十七岁的清纯玉女。

美人林青霞，是永远的。

旧情难忘
——（舞者）江青的往事追忆录《回望》

二〇一三年江青到北京戒台寺去探访艺术家侯一民老先生，送刚出版的《故人故事》给他，侯老拿出一枚自刻的大图章，上刻"旧情难忘"四个字，笑着说："翻了一下书，这四个字最点题。"其实江青的前一本书《江青的往事往时往思》以及现在这本《回望》，这四个字也用得上，点出了江青写作的精髓。江青是个有情人，也是一个念旧的人，所以她写的都是些陈年往事、故友旧情。因为她一生传奇，大起大落，色彩缤纷，又因她识人甚广，交游天下，举凡演艺界、文艺界、舞蹈家、画家……无所不交，因而她的回忆录里，写人、写事、写自己都饶有趣味，引人入胜。

江青出生于上海，十岁便到了北京进入北京舞蹈学校，在名舞蹈家戴爱莲的指导下，受了六年扎实的舞蹈训练，一九六二年，十六岁那年，江青离开中国内地到了香港，进入邵氏"南国演员训练班"，这时影响江青影艺事业最大的一个人出现了——李翰祥大导演。李翰祥导《梁山伯与祝英台》，红遍了半边天，到台湾创办"国联"，首部电影《七仙女》竟然举用十七岁的江青担纲，江青从此一炮而红，演艺生涯步步高升，主演《西施》，获金马奖最佳影片。一九六六年出任由琼瑶小说改编的《几度夕阳红》女主角，成为金马影后。江青少年得志，李翰祥是她的伯乐，七年间拍摄二十九部电影，正当江青的演艺事业如日中天，突然婚变，而且涉及当时电影圈许多飞短流长，江青遍体鳞伤，一九七〇年，毅然斩断前尘，放下一切，只身自我放逐到美国，重新开始新的人生，江青后半生的奋斗史，亦非常精彩。

江青一个人在纽约赤手空拳打拼出舞蹈界一片天地，简直是一项奇迹，东方人要在西方世界他们的强项现代舞的场域出人头地，真是谈何容易。江青做到了，凭着她超人的毅力，少年时扎下的根基，一股艺术家追求完美的热情，江青自编自舞，在海峡两岸、欧美各大著名剧院上演，她在纽约成立了"江青舞蹈团"，到香港出任香港舞蹈团总监，这时的江青不再以七仙女、西施闻名，而是一个以舞蹈、编舞、导演，在国际舞蹈界占有一席之地。七十年代，另一位影响江青下半生的男士出现了。江青的第二任丈夫——比雷尔（Birger Blomback）。瑞典生化学者比雷尔与江青结缡三十多年，鹣鲽情深，比雷尔给了江青一个温暖的家，无条件的支持和爱惜，江青得以舞向全世界而无后顾之忧。江青写回忆，有悲有喜，但她这一生仍是喜多于悲。

江青骤然离开"国联"，试图与过去一刀两断。事实上"国联"那段岁月一直潜沉在江青的心底，那是江青花样年华，春风得意的日子，谁能够真正忘记过去？何况是有过辉煌历史的过去。二〇一三年，金马奖五十周年李行导演提议"国联五凤"一齐赴台北参加。"国联五凤"是李翰祥当年手下五朵金花，六十年代很出了一阵风头：江青、甄珍、汪玲、李登惠、钮方雨。"国联"倒了，五凤各奔前程，有的继续当红，如甄珍，其他的消失得无影无踪，江青住纽约，钮方雨住华盛顿，三十多年竟不知彼此所在，为了"金马五十"两人通上电话，泣不成声，哭什么？哭失去的人，两人都成了寡妇，哭失去的年华。后来五凤到了四凤，汪玲缺席。各大报竞相刊登消息，四凤站在五十年前拍的，五凤亭亭玉立在"国联"门口的照片前面。琼瑶看到这张照片一声喟叹：不得不承认，凤都老了。这些凤还曾经是她爱情电影里的"玉女"呢。

江青回到纽约去卡内基音乐厅听田浩江演唱，其中一首是黄自作曲的《花非花》，白居易的诗：

花非花，雾非雾；夜半来，天明去。
来如春梦不多时，去似朝云无觅处。

江青听了这首歌，突然眼眶湿润，百感交集，不能自已。因为她感触到她逝去的岁月，人与事，不也来如春梦，去似朝云吗？江青把她的感慨写进了《来去花·雾》。

我与江青来往不多，但透过我们共同的朋友高友工，我看到江青的为人。高友工是普林斯顿大学的名教授，是位"才子"型、近乎古代文人书生的人物，高友工学贯中西，多才多艺，除了他的本行中国古典文学外，中国戏曲、西洋舞蹈，他都爱好，而且无一不精。高友工为人洒脱，不拘世俗，又热心朋友，与他有过来往的人，无不被他的人格魅力所吸引。江青一九七二年初到纽约，在普林斯顿大学演出，结识高友工，高友工舞蹈是行家，点评之后，江青折服，互相欣赏，从此展开一段四十四年惺惺相惜的友谊。高友工终身不娶，有些场合不宜单身，江青便冒充他的女友。江青充当冒牌货倒也甘之如饴，高友工年轻时潇洒英俊，风度翩翩，两人走在一起，不知内情的人还觉得他们是般配的一对。连江青的瑞典丈夫比雷尔也戏称高友工是江青的"中国丈夫"。可见高友工跟江青的亲密程度。高友工不耐普林斯顿的冷清，他喜爱红尘滚滚的纽约，周末常到纽约来便住在江青的家，后来高友工母丧，心情低落，江青两夫妇索性把他"收容"到纽约家中，一住六年。九十年代，我到纽约，高友工引导我"夜游"，他是地道的"纽约客"，纽约探秘，他是内行。那晚我们玩得很开心，高友工兴高采烈。二〇一五年，我应《世界日报》之邀到纽约演讲，我替父亲作传的书《父亲与民国》刚出版，就此为题，演讲场所在昆士，江青也去了。演讲完毕，江青悄悄告诉我，高友工在楼下等着，他想见我。我见到他时，暗吃一惊，他整个人都憔悴了，昔日丰采，已经不在，高友工生了病，不良于行，身旁有一位中医女士在照顾他。我们"强颜欢笑"漫谈了一阵，他知道这些年我在弄昆曲，于是我们便扯到昆曲上来了，我曾送过青春版《牡丹亭》的光盘给他，回到加州，我赶紧又给他寄了一套，我们新制作的《玉簪记》DVD，我相信他会欣赏。昆曲，他也是行家。第二年，二〇一六年十月二十九日，高友工逝世，江青打电话来通知我，一开口她便哭了起来，江青是真的伤心了，失去这样一位知音。她写到高友工，称他是"贴'心'朋友高友工"。高友工逝世，普林斯顿大学为他下半旗，这在美国大学里，是一项罕见的殊荣。

江青是一位严肃认真、努力向上的舞蹈家，她初到美国对于现代舞这个行当并不熟悉，但她肯学，凭着她的聪明、艺术感性及原有的基础，居然在现代舞这个纯粹西方的艺术领域里，开出了一朵奇葩。江青掌握到一个原则，舞蹈就是用肢体语言表达了一个民族的文化。现代舞的形式是西方的,但一个东方舞者跳出来的舞蹈内容可以是东方的,如何结合东方与西方,这便是江青一直在苦苦追寻的议题。江青有幸,结识了一大群富有才情的各界艺术家,帮她完成了她的舞蹈事业。她跟高行健合作的《声声慢变奏——取李清照词意》便是一个成功的例子。高行健是个彻底的现代主义作家,尤其是他那些剧作,完全采用西方前卫剧场、荒谬剧一类的形式,但内容还是隐藏了一个古老的中国在里面。江青跟高行健两人一拍即合。高行健一九八七年特别为江青写下一部诗剧,改自宋朝女词人李清照著名的闺怨词《声声慢》,把起首的十四个叠词无限延长,演变成一出缠绵不休、回肠荡气的舞剧,一千年前的闺怨,在现代舞台上化作了现代人的彷徨无助。这出舞剧一九八九年在纽约古根海姆博物馆首演。二〇〇〇年高行健获得诺贝尔文学奖,《声声慢》舞剧就更加红了。就如同二〇〇二年江青为香港舞蹈团制作的舞蹈诗歌剧《大地之歌》,她把创作编导的心路历程巨细无遗地都记录下来,这对于欣赏她的创作,有很大的帮助。《大地之歌》改自马勒(Gustav Mahler)的交响乐,马勒的《大地之歌》很奇特,是受了德译唐诗的启发而作的,尤其是李白的诗,因此特别抒情,有东方韵味。有意思的是,这些译诗有一两首竟找不到中文的源头。江青聪明,找来郑愁予用现代诗还原译作,郑愁予本人的诗以音韵优美见长,又采用庄喆的画作背景,这两位都是台湾现代文坛现代艺术的佼佼者。又一次江青以舞蹈做了东西方的结合。

　　《回望》中的重头戏当然是江青怀念她故去的先生那一篇纪念文《回望——比雷尔与我》。

　　江青嫁的夫婿比雷尔是瑞典人,这一点就不太平常,中瑞联婚的例子好像并不多,瑞典相对中国来说,文化距离相当遥远。我对于瑞典的认知十分有限,每年瑞典皇家学院颁发诺贝尔奖注意一下,其他关于瑞典,都是从接触文学、电影上得来的印象。我们的杂志《现代文学》有一期专辑介绍过瑞典大剧作家斯特林堡(August Strindberg),汉学家高本汉(Klas Bernhard Johannes Karlgren)的著作,我看过一些,最高兴就是他用"语言统计学"证明了《红楼梦》前八十回与后四十回是同一作者——我一向这样看法。我也知道瑞典皇室拥有最大明德化白瓷的收藏。此外我对瑞典人的了解几乎全是从伯格曼(Ingmar Bergman)的电影里得来的。伯格曼对人性的剖析是那样深刻毫不留情,他电影里的人多半严峻、理性、近乎冷酷,就像北欧瑞典的天气,冬天长夜漫漫,好像永远等不到天明;《冬日之光》(*Winter Light*)、《犹在镜中》(*Through a Glass Darkly*)、《沉默》(*The Silence*),这三部曲叫人透不过气来。但江青笔下的比雷尔跟伯格曼电影里的瑞典人完全相反。比雷尔重情义,是个温暖体贴、乐于助人的大好人,傅聪甚至说比雷尔是个"滥好人"。江青有福气,嫁到一个能够欣赏她、体恤她、容忍她的好丈夫。一九七八年江青嫁给比雷尔,比雷尔比她大二十岁,两个人都有过一段婚姻,经历过人生沧桑,所以能够彼此珍惜。比雷尔是研究血液的专家,在纽约有个"血液中心",长年耗在实验室的时候多,但他有人文素养,喜欢艺术、音乐,江青的文艺圈子他完全轧得进,江青的中国知交如王浩、陈幼石夫妇也变成了比雷尔的朋友。最难得是这个洋人对待丈人竟比中国女婿还要孝顺,江青的父亲在香港脑瘤开刀,老人家没有安全感,下令召唤洋女婿作陪。比雷尔二话不说,百忙中从纽约飞往香港。比雷尔待人,不分尊卑,一视同仁,对待从上海来的女佣吴燕珍、黑人门房罗恩,照样体贴。奇怪的是比雷尔竟然没有宗教信仰,他的一副好心肠好像发诸天性，不需要教化。这又跟伯格曼电影里的人物大相径庭了。伯格曼的人物老是跟上帝纠缠不清，惶惶不可终日。

比雷尔在瑞典买下一座小岛——猞猁岛，在岛上筑了一幢木屋。猞猁岛便是比雷尔和江青两夫妇的世外桃源、香格里拉了。他们两人在岛上，砍柴、捕鱼、采集野蘑菇，度过他们俩最亲密神仙伴侣的生活。二〇〇八年，比雷尔病逝，临终时还放心不下他的猞猁岛，郑重地托付给江青。江青一个人回到岛上：

> 我失魂落魄在岛上长时间一个人度日，满脑子胡思乱想：一只鸟飞来，我以为他——比雷尔来看我；低头一个浪打来，我以为他——比雷尔来找我说话；闭眼，一阵风吹来，我以为他——比雷尔在轻抚我的头发，但我确实知道他远行去了，然而，又是挥之不去的"远"在眼前。

只有在猞猁岛上，江青还能感觉到比雷尔的存在。

这篇纪念比雷尔的文章要在他逝世后十年，江青才能动笔"回望"，可见丧夫之痛对江青的打击是何等之沉重。

纪念福生

福生离开了，但他却留下了一千张以上的画作，他的这些画作是他的全部生命，我相信他的艺术终将不朽，作为一个艺术家，他的生命也会因为他的画作永远存在这个世界上。我更相信将来有越来越多的人会认识到福生的艺术天才。有一天，顾福生这个名字终会成为中国画史上一个亮点。

我很少看到一位画家对自己的艺术如此狂热、执着、不弃不舍、坚持到底。我认识福生六十年，我们因为艺术、文学而结识，从福生二十出头开始致力于画作的时候，我便一直是他的挚友。我欣赏他的画，我很早就发觉福生是一个卓然不群、极度敏锐的艺术家。他绝不是一个喜欢炫耀才能的人，事实上他很害羞，他画好一张新作，很少亮给人看，我是极少数享有这个特权的人。

记得远在六十年代，他还住在台北泰顺街的时候，我每次到他家，他都拉着我到他那间卧房兼画室的小屋里，喜滋滋地把他刚完成的画拿给我看，满脸都是纯真的笑容，一幅新作品的诞生，那是他最快乐的一刻。后来几十年，我们在纽约、在旧金山、在洛杉矶碰面的时候，我们少年时观画的情景一再重复，福生的脸上还是充满了艺术家纯真的笑容及喜悦。

直到今年（二〇一七年）八月三日，他去世的前一天，我赶到洛杉矶去探望他，他已病重得连讲话的声音都快听不见了，我执着他的手，跟他最后谈论的还是他的画。这两年，他得了重病，但他的创作力一点也没有衰退，奇迹似的，他居然又画了四十幅新作。有一幅特别感人，画底是灰色的，一群仙鹤，飘逸地飞翔着，在护送一个淡红色的人形，一同飞向那无尽的天涯。我想福生心中有数，他将乘鹤仙去了。那幅杰作，替福生六十多年的艺术生涯画下了一个美丽完满的句点。两年前，福生在台北诚品画廊开个人画展，有记者问他，对自己的一生有什么感想，他很自然地回答，我一生都是快乐的，因为我画了一辈子的画。我想福生这些话是真心的，因为他从不说假话。他是个真人。作为艺术家，福生过了最丰富的一生。

福生走了，我向一个六十年的好友道别，同时更要向一个孜孜不息毕生忠于自己艺术的画家致上我的敬意。

第三辑

蓦然回首
——阅读感怀

这些年来，我退休后忙于推动各种文化活动，有时候忙得疲于奔命，挫折不少，看看山穷水尽，忽而柳暗花明，我相信天意，在最艰难的关键时刻，突然会出现一些有心人士，大力推一把，使得我们这辆几乎停滞的"文化列车"又重新启动。

知音何处
——康芸薇心中的山山水水

大概是六十年代末吧，那一年夏天我从美国加州回到台北，同时也把我的一位美国学生艾朗诺（Ron Egan）带到台湾来进修中文课程。那时我在加州大学圣芭芭拉校区初任教师，教书起劲，对学生热心，尤其发现一两个有潜力的好学生，就恨不得一把将他拉拔起来。艾朗诺对中国语文、中国文化特别敏感，那年暑假我在台湾替他找了三位台大中文系的年轻助教汪其楣、李元贞、陈真玲，每周轮流替他上课。汪其楣教现代小说，选了康芸薇的《冷冷的月》《两记耳光》做教材。艾朗诺大为激赏，我颇感意外，康芸薇小说的好处在于绵里藏针隐而不露，表面平凡，擅长写一些公务员、小市民的日常生活，但字里行间却处处透露出作者对人性人情敏锐的观察，她这种平淡的文风、含蓄的内容，不容易讨好一般读者，看康芸薇的小说须得耐住性子，细细地读，慢慢地念，才体会得出其中的妙处。艾朗诺才念了两年中文，居然看懂了康芸薇小说中的玄机，也算他独具慧眼，成为康芸薇一位年轻的洋知音。后来艾朗诺果然学有所成，在美国汉学界享誉颇高，他最近把钱钟书的《管锥编》也译成了英文,那是一项了不起的成就。

艾朗诺希望能见到他仰慕的作家,我便托汪其楣把康芸薇约了出来,到蓝天咖啡厅见面,那大概是一九六八年,那是我第一次见到康芸薇。她那时已是初"成名"的作家。六十年代,最为文化界所推重的出版社当数文星,被列入文星丛书的作家就算"成名"了。康芸薇刚在文星出版了她第一本小说集《这样好的星期天》,我记得好像是深紫色的封面,袖珍本的文星丛书,迄今仍有可读性。艾朗诺见到他心仪的作家当然异常兴奋,康芸薇那天也是高兴的,她给我的印象是一个极"温柔敦厚"的人,她是河南人,不知是否因此天生就有一份中原的厚实。后来她在仙人掌出版社又出了她第二本小说集《两记耳光》,可是不久仙人掌却因财务问题倒掉了,而且阴错阳差,仙人掌的许多书由我接收过来创办了晨钟出版社,康芸薇的小说集也包括在内,并改名《十八岁的愚昧》。所以,我也曾做过康芸薇的出版者。

康芸薇的小说写得不多,可是篇篇扎实,淡而有味。她写来写去不过是男女夫妻间的一些琐琐碎碎,小风波、小挫折,但因为写得真实,并无当时一些女作家的浪漫虚幻,如今看来,却实实在在记录下那个年代一些小市民的生活形态。她笔下的人物,多为渡海来台的外省人,她这群外省人,非军非政,只是一些普普通通,为了重建生活,在异乡艰辛扎根的小公务员。公务员的生涯大概是单调平淡的,尤其是在那个克难时代,日出日入,为五斗米折腰,年轻时纵有凌云壮志,很快也就消磨殆尽了。康芸薇最擅长描写这些小公务员的辛酸:一对公务员夫妻,丈夫为了升级,央求妻子向权贵亲戚引进,妻子眼见自己的丈夫在亲戚面前奴颜婢膝,突然产生了复杂心理,为丈夫难过,但又不免鄙夷。这种合情合理的心理变化，康芸薇写得极好。康芸薇的小说曾经得到一些识者的激赏，水晶、隐地、朱西宁都曾为文称赞，但知音不多。尤其近年来台湾读者品位变化极大，标新立异的创作容易得到青睐，比较沉稳平实的作品，反而受到冷落。康芸薇这两本优秀的小说，也就不幸地被埋没了。

康芸薇的文学领域另一部分是她的散文。如果说康芸薇在写小说时，因对人性的洞察深刻，人的尴尬处境，也会照实描述，而写散文时，她"温柔敦厚"的特性就表露无遗了，她笔下的真实人生，都是暖洋洋的，即使写到悲哀处，也是"哀而不伤"，半点尖刻都没有。她的散文写的全是她的亲友逸事：祖母、丈夫、儿女、同学、朋友。而这些人当中，祖母及丈夫又是她写作散文的两大泉源。

康芸薇是依靠祖母长大的，一生与祖母相依为命。抗日期间，她的父母把她留在河南乡下，与祖母同住，她的童年便在祖母的呵护下成长，抗战胜利后，到南京与父母重聚，反而感到陌生了。她与父母缘浅，短暂相处便与祖母叔父来台，从此永隔，祖母便成为她一生中最亲近的人。康芸薇的文章中有多篇写到祖母，充满爱意，充满敬意。康家在河南属于乡绅地主阶级，她祖母在家中是少奶奶，过过好日子的。在康芸薇眼中笔下，祖母美丽、慈祥，有大家风范，为人处世对她有深刻的影响，祖母教她：

"你待我一尺，我待你一丈，你待我一丈，我待你天上。"

"人长天也长，让他一步有何妨！"

老太太这些充满睿智的教诲，的确有中原人士的广阔心胸。来到台湾，祖母的处境当然一落千丈，在大陆从来没有下过厨房的老太太，居然托人在兵工厂用废弹壳打造了一只大铁砂锅，在煤球炉上熬稀饭飨宴乡亲，而且一边熬一边念念有词：

"想要稀饭熬得好，要搅三百六十搅。"

老太太甚得人望，领袖邻里。初渡海的外省人，离乡背井，来到台湾，几乎都有一段奋斗史，其中不少在大陆上曾经风光过，但因环境逼迫，两袖一捞，从头干起。康芸薇的祖母，便是其中一个。康芸薇把祖母写得有声有色，替她心中"永恒的母亲"留下一幅令人难忘的肖像。康芸薇的叔叔抱怨祖母没有及时变卖大陆上的产业，在台湾只好过穷生活，老太太反驳道：

"那有啥办法！蒋委员长把江山都丢了，我那点家产算什么？"

康芸薇的散文风格，一如她的小说，不以辞取胜，而以情感人，写到她的几个宝贝儿女，固然深情款款，但在她最近的一本散文集《我带你游山玩水》中，最重要的一个人物是她的丈夫方达之先生，康芸薇与方达之结缡三十年，伉俪情深。方达之毕业于台大，有理想，有抱负，但却规规矩矩做了一辈子公务员，壮志未酬，于一九九〇年病逝。丈夫在世时，写到他的文章不多，大概有点不好意思多说自己的先生，丈夫过世后，康芸薇写他的文章，篇篇感人。《我带你游山玩水》虽然不全是写方先生，但丈夫的身影却无所不在。这本集子，可以说是康芸薇为她先生方达之树立起的一面纪念碑：纪念他们两人在一起幸福的日子，纪念丈夫走后哀伤的岁月。方达之在世时，康芸薇的文章总是充满了煦日和风，经过大悲后，即使写欢笑，也不免凄凉。

康芸薇三个儿女个个孝顺，全是"妈妈党"，丈夫去世后，儿女们更加体贴，送礼物、陪妈妈旅行，但儿女的孝心却无法取代丈夫的情谊，丧夫的哀痛与失落，只有自知。小儿子继来大概是最受疼爱的幺儿了，一次继来把家中用得早已坏旧的餐具扔掉，康芸薇号啕大哭，儿子恐怕无法理会母亲的心情，他丢弃的，不是家中的破旧，而是母亲最珍惜的记忆。年轻人往前看，要甩掉过去的累赘，但对于暮年丧偶的母亲，与丈夫共同度过的过去，也就是她生命最美妙的部分，如何丢弃，怎能丢弃。伤逝，是这本集子最动人心弦的基调。

康芸薇另外有一本散文集，题名《觅知音》，大概作家希望有更多的知音读者吧。这次我把康芸薇几部作品重新细读一遍，发觉康芸薇曾写过这么多篇好小说及感人的散文，竟然还有"但伤知音稀"的感叹，可见文章解人难得。

仁心仁术
——一个名医《理想的国度》

我第一次见到吴德朗医师是在一九八四年，在洛杉矶巴沙迪那附近他的家中，他的家在半山腰的一个庄园，取名为"拉康雅达山庄"（La Canada），四周百年老树成荫，是个幽静的所在，与山下洛杉矶高速公路上车水马龙红尘滚滚形成强烈对比。那次相会是因为老同学欧阳子跟她几个孩子到洛杉矶来住在吴德朗医师家，我去接欧阳子全家到环球影城去参观，因此结识了吴医师。原来欧阳子与吴德朗是姻亲，她的妹妹洪悠纪医师就是吴太太。我在大学时常去欧阳子家，见过悠纪的。人与人见面就是缘分。我相信医生与病人之间更存在一种微妙的"医缘"。就是那次见面后，没想到日后吴德朗医师竟成为我旅居台湾时的主治医师，而且我其他三位住在台北的兄弟都成了吴医师的病人，一直蒙他照顾。吴德朗医师是心脏科权威，名满天下，而且是位日理万机的忙人，因为他身任长庚医院的大总管——决策委员会的主委。我们几位兄弟在他百忙中还能受到他的治疗，真是福气。

事实上，我在洛杉矶见到吴德朗医师那次，正处于他一生中重要的转折点。他在南加州大学医学院担任心脏科正教授，那时他还未到四十岁。南加大的医学院在美国相当有名，一个年轻中国人能担任医科正教授，学术成就必有过人之处。原来吴德朗医师在心脏电生理学方面早已扬名国际，发表过数篇重要论文，所以南加大才破格聘请，当时他的太太洪悠纪在洛杉矶极负盛名的"希望之城"（City of Hope）医学中心任职，两人在美国高薪高职，过的应该是优渥生活。但吴德朗医师却毅然放弃了他在美国的优职，回到台湾，应台塑董事长王永庆之邀，创办长庚医学院（后改为长庚大学）。吴德朗医师昵称长庚医学院是他的"心血结晶"（brain child），这所异军突起的医学院，的确是他一手打造成功的，可以说是他医学理想的实践。近年来长庚大学在教学研究评定往往名列前茅，可见当初建校时的理念正确、根基扎实，才有日后茁长的可能。年初我应邀到长庚大学做了一场介绍昆曲《牡丹亭》的演讲，我直觉感到，长庚大学很多地方与美国一些大学相似。事实上，把美国的医疗行政制度引进台湾的医疗系统一直是吴德朗医师的愿景。美国医疗系统的优点在于讲求效率，尊重病人权利，当然，医生临床训练也是比较严格的。其实吴德朗早有返回台湾、服务家乡的抱负了。一九七八年长庚医院成立不久，吴医师曾应邀返台在长庚工作过一段时间，有一件事情特别促使他要回来投身于台湾医疗系统的改革。有一次吴医师的母亲患病住进医院，因为没有送礼，当时的总住院医生竟要将吴医师母亲赶出病房。吴医师感受颇深，身为医生，自己的母亲生病却无法得到应有的照顾，台湾的医疗系统的确需要改革。吴德朗医师回到台湾服务于长庚医院一直擢升到决策主委的高位，又创办了校誉日隆的长庚医学院，悬壶济世的理想，应该大部分已经达到了，但这绝非一条一蹴而至的捷径，抵达他"理想的国度"，须经千山万水，多少个人的努力，超人的意志力，以及各种机遇的凑合，才成就了这样一位才德并修的心脏科名医、医疗行政的领袖人物。读吴德朗医师的回忆录《理想的国度》，就如同读一则典型的"台湾成功故事"，对年轻读者，尤其有励志作用。

吴德朗医师来自彰化乡下一个叫作十三甲的小村庄。父亲原为小学教师，后来当上副乡长，是小康之家，但"二二八"事件时，父亲受到牵连，曾逃亡一年半，吴家顿时陷入困境，最困苦的时候，吃过番薯签饭。幸亏祖母坚强，撑住全家。祖母出身书香世家，祖先六七代均为名医，自己爱好品茗赋诗而且精通医术，吴德朗自幼受阿嬷熏陶，从小就是个读书种子，学校成绩一向名列前茅。"二二八"过后，父亲虽平安归来，但却列入了黑名单，不能再任教书公职，只有回家耕田，成了农夫。吴家又从地主变成了自耕农，家境每况愈下。这又是一则台湾的悲情故事。但吴德朗却能从家道中落的艰难环境中一路奋扬向上，考上台湾学生最羡慕的台大医学院，但昂贵的学费却是靠家中父母养猪换来的钱。吴德朗自己分析他致力学医是因为家学渊源世代为医的影响，而且台湾人的传统观念下，医生行业，社会地位崇高。我记得早年台湾，有些家庭子弟考上台大医学院，亲友还会登报致贺。吴德朗当年大概也曾替家里挣来不少面子。

成为一代名医，除了精湛的医术外，人格修养都是决定因素。我跟我的几位兄弟都有同感，每次给吴医师看完病回来，就好像服下一颗定心丸，病去掉一半。吴医师给人的感觉是性格爽朗豁达，谈吐风趣幽默，他身上散发出来的一股安定力量立刻带给病人信心与希望。他这种安定人心的力量是从哪里来的？我想从他的自述可以找到答案。

吴德朗医师在学生时代除了勤读医学之外，同时也开始培养文学、音乐的兴趣，他广读中外文学作品，由《水浒传》《红楼梦》读到存在主义的萨特、加缪，由海明威、斯坦贝克一直念到台湾的乡土文学，连我与欧阳子几个人创办的《现代文学》他也看过。当然，在那个精神分析盛行的年代，他也曾涉猎过弗洛伊德的几本经典之作。他甚至于认为一个好医师，不管是什么科，也应该是一位好精神科医师才对。因为精神分析是可以帮助医师与病人讲话沟通的技巧。音乐，尤其是西方古典音乐是他的终身爱好，他对音乐不止于欣赏，而且还研究乐理乐谱，在芝加哥行医时期，他是著名的芝加哥交响乐团忠实听众。此外，他还是一个影迷，每星期看一次电影，中外名片都看光了。我想吴德朗医师深厚的人文素养，以及他对生命、生活的热爱（他是个美食家，而且精于品酒），都是使他成为现代"儒医"的基本条件，使他深切了解"人"的问题，而不仅是人体的毛病。

医学教育一直是吴德朗医师《理想的国度》中重要的领域。他创办长庚医学院之前，曾在台北医学院、"中国医药学院"教学，在后者长达二十年，桃李满天下，吴医师的教学理念医术医德并重。他不仅要求学生在医理上受严格训练，更注重教导学生人格的修养和做人的道理。大概他认为，只精于医术，并不足真正成为一个好医生。他认为"医学是研究'生老病死'的学问"。这个看似平常的道理，其实就是概括了人生最大最深的一门学问。医院本来就是一个"生死场","生老病死"都是医师每日必须面对的人生课题。我常常在想,要当一名"好"医生,需要多么坚强的理性、勇气,同时又要怀有多深的慈悲与哀矜之心,来扶助病人经历生死大关,尤其是心脏科医师(在美国,心脏病是第一杀手),与死亡的接触如此频繁,对生命能不凛然敬畏?所以吴德朗医师始终谆谆告诫他的学生:"医师的对象是人,活生生的人。"他又说:"我治疗的是人,不是心脏。"我想可以这样说吧,在吴德朗医师的教育理念里,"医学"其实就是"人学"。"人本主义"是他医学教育的核心,病人、病人,"病"字下面切莫忘了那个"人"字。

无论教育与行政的事务如何繁忙,吴德朗医师从来没有中断他作为医师的本职,他在长庚的门诊一直是挤得满满的。他的另一个重要的医学理念是医师可以从病人身上汲取最宝贵的经验。吴医师在他的病人身上,花了最多的心血。他自己年轻时在芝加哥期间患上肺结核,曾休养长达一年,这段经历使他对病痛有了更深刻的了解,日后使他学会了如何给病人希望,对病人的苦难有感同深受的体认。吴医师自称没有一定的宗教信仰,但他对待他的病人,却满怀着宗教式的悲悯。八十年代,他的病人中有一位年近七十的老太太,子女远在美国,老太太心脏衰竭,病得非常严重,看过几个医生并无起色,后来转诊到吴医师处,吴医师悉心替老太太治疗,把病情控制良好,又多活了六七年,最后老太太身体转弱,中风住院,人已昏迷。吴医师把老太太的子女们召集前来,解释给他们听,他们的母亲已没有生还希望,如果他们同意,决定不再给她拖延生命的治疗。吴医师告诉他们,他做出这个抉择自己也很痛苦,因为他也跟他们的母亲有六七年情谊了。两天后,老太太安详地离去。吴医师告诉家属："对不起，我的能力十分有限……"出乎意料，家属竟然全体跪下，向吴医师致谢，令吴医师深为感动。医师对末期病人的最后职责，大概就是让他能安详地离开人世吧！

二〇〇〇年夏天，我在美国心脏病突发，冠状脉堵塞，紧急开刀，做了绕道手术。那年秋天我回到台湾去看吴德朗医师，他替我做了详细验查，包括心电图等，他对我微笑说："你恢复得很好！"那一次，他竟没有收费，不知道是否他看到我胸口上那道长长的疤痕，心有不忍，算是对我的一种安慰吧！但我回到台湾，就感到很安全，因为我知道，有一位举世闻名的心脏科权威在那里，可以做医疗的靠山。

吹皱一池春水
——何华《老春水》的巧思妙笔

《老春水》这本散文集收罗了不少篇何华近年来写的随笔。这些文章的内容，涵盖甚广，文学、艺术、电影、戏曲多有触及，人物、风土更是这本书的脊梁。随笔小品看似随兴所至，但要写得精彩并不容易。在短短的篇幅内，必须冒出几串警句，电到读者，令其惊艳，才算是好文章。《老春水》里，何华妙笔甚多，巧思不少，他这些随笔小品，读来趣味盎然，清新可喜。

何华的祖籍是浙江富阳，而且青少年时期有一段日子住在杭州伯父家，但他出生于安徽合肥，合肥是他真正的"原乡"。杭州与合肥便构成他文化品位的一体两面。他笔下常常露出"三秋桂子，十里荷花"的江南风情，他曾受过江浙苏杭一带吴文化的孕育，文风有他细致的一面，有时还带着几笔海派的俏皮，常常一针见血，令人莞尔。但安徽合肥才是他文章的主心骨。合肥是千年古都，向来是兵家必争之地，时有兵燹。南宋词人姜白石，金兵过后，客居合肥，但见"巷陌凄凉，与江左异。惟柳色夹道，依依可怜"。一派繁华过后的萧条冷落。这种古都沧桑、历史积淀，垫厚了何华文章的基础，增加了文章的重量。何华这些随笔，轻而不浮，绵里藏针。

安徽的文化成就，有其辉煌的过去，徽班是其中之一，"徽班进京"是近代戏曲史上头一等大事，现在很难想象京腔京调的京剧是由一群安徽伶人的二黄发轫的。但徽班进京后，已经异化了，真正代表安徽人心声的还是黄梅调。黄梅调是地方小曲，俗得可爱，朗朗上口，一学便会。六七十年代，香港导演李翰祥导出一连串的黄梅调电影，一出《梁山伯与祝英台》风靡海外，台湾从十几岁的小姑娘到六七十岁的老太太，个个都会哼唱几句"十八相送"。"徽音"又一次征服了华人世界。

安徽人何华写到黄梅戏，兴致勃勃，体贴入微，黄梅戏到底是他的"乡音"，《老春水》头一篇《谪仙记》写的便是黄梅戏一代宗师严凤英起伏跌宕、瑰丽而又悲惨的一生。严凤英是天才，她的《天仙配》是无人可及的绝唱。何华敬佩严凤英，爱惜她的才，怜惜她的人，对她浪漫不羁的私生活亦是极宽容的。"文革"中严凤英被迫害致死。何华把严凤英隐喻为天仙，不幸堕入红尘，遭到了大劫，故名《谪仙记》。我看过电视连续剧《严凤英》，是黄梅戏名角马兰主演的，马兰把严凤英演活了。看了《严凤英》后，我才真正懂得欣赏黄梅戏的好。

近代安徽也出了不少大名鼎鼎的文化人：胡适、陈独秀、余英时这些大学者大思想家，但何华最引以为傲的却是另一伙"人物"——"合肥张家四姐妹"张元和、张允和、张兆和、张充和。张家四姐妹近年来在世界华人文化圈大出风头，几乎已经变成了一则"神话"（legend），这跟中国大陆这些年流行的"民国风"有关，民国时代我们对一位淑女的最高称赞大概就是"大家闺秀"。

这个称谓不是随便什么人可以担当的,家世、相貌、风度、谈吐,无一不需要出类拔萃,最重要的还有"气质",一种文化教养陶冶出来、说不清道不明的抽象东西——这些张家四姐妹都有。特别是小妹张充和,琴曲书画无一不精,昆曲、书法尤其了得。张充和活到一〇一岁,今年(二〇一五年)刚过世,被誉为"最后的闺秀",尊称为女史。

张家姐妹的曾祖父张树声是李鸿章手下红人,淮军将领,官至两广总督、代理直隶总督。张家是世家,父亲教育家张武龄,诗礼传家,温文儒雅,把一家人从合肥迁到苏州,落脚在九如巷,张家姐妹便是在吴文化——苏州园林、昆曲这种氛围下熏陶成长的。尤其是昆曲,吴文化中最高雅、最精致的戏曲已浸入了几姐妹的灵魂深处,凝铸了她们特有的"闺秀"气质。大姐元和与充和还常作对登台票戏。一九四三年充和在重庆粉墨登场,一曲《游园惊梦》轰动大后方杏坛文苑,章士钊、沈尹默等纷纷赋诗唱和,那次演出是抗战时期一件文化盛事。

张家四姐妹我有幸会见过三位:元和、兆和、充和。一九八二年,我自己的舞台剧《游园惊梦》在台北上演大大轰动,我携了录像带应邀到加州大学伯克利校区去放映,观众席中有一位端庄娴静的老太太,事后有人引介,原来她就是大名鼎鼎张家四姐妹中的老大张元和。何华认为元和"心思最深也最浩茫",何华观察准确,我也有同感。那天元和看罢《游园惊梦》录像,没有多说话,可是我从她的表情、眼神,可以揣测那天她内心的感慨之深,恐怕不是言语可以表达的了。《游》剧叙述一个昆曲名伶一生的悲欢离合,女主角钱夫人蓝田玉,在一个戏曲雅集的宴会上,笙箫管笛中,忆起自己过去的荣华富贵、失落的爱情,无限凄怆。元和嫁给昆曲伶人顾传玠，顾是当年头牌昆曲小生，与朱传茗生旦配，扮演《游园惊梦》，红极一时。但是大家闺秀下嫁唱戏的，在当时社会是门不当户不对，可是看到张元和和顾传玠的结婚照，倒是一对璧人。顾传玠丰神俊朗，玉树临风，然而他除了唱曲，别的行当都不灵，转行从商也失败了，在台湾盛年早逝，剩下元和空守下半辈子。何华文中追述，元和复出票戏，饰《长生殿》里唐明皇，唱到《埋玉》一折，不禁感伤："我埋的不是杨玉环，而是顾传玠这块玉呀！"

元和嫁给顾传玠，在某种意义上是将终身托付给了昆曲。一九八六年，汤显祖逝世三百七十周年，元和、充和受邀赴北京，合作演出《游园惊梦》，那一年元和已经七十九高龄了，昆曲是姐妹俩一生的精神依靠。元和看了舞台剧《游园惊梦》，里面许多场景应该感到似曾相识，身历其境吧！

一九八〇年，沈从文应邀访美，张兆和随行。我在旧金山见到这对三四十年代的"文坛佳偶"，当然大家都爱讲沈从文当年写百封炽热情书追到校花学生张兆和的韵事，那是"五四"青年刚尝到爱情自由的浪漫甜头。沈从文在加大伯克利校区演讲，听众问他为什么停止创作，"新政府对文学有了新的要求，我达不到那些要求，所以我就停笔了"——这是《边城》作者酸楚的答案。旧金山东风书店为我和沈从文举行了一个作家欢迎会，领事馆的官员也参加了，会上沈从文不愿意发言，他暗暗推了我一把，悄声道："你讲、你讲。"我起身说："西谚曰'人生短暂，艺术长存'，沈先生作品的艺术价值，不是什么力量可以抹杀的。"听众鼓掌。有很长一段时间，中国官方的文学史上，沈从文竟然被"除名"。私下，沈从文、张兆和和我谈了不少"文革"期间受到的冲击，令人难以置信，大作家夫妇曾经经过地狱般的折磨。张兆和学生时代有

"黑凤"的称号,是位黑里俏的美人,"文革"的残暴并未能抹损这位张家闺秀的高贵气韵。

二〇〇〇年,台北新象艺术推展公司的老板娘樊曼侬,大手笔一口气邀请了中国大陆六大昆班的名角到台北大串演。张充和以八十六高龄飞到台北足足看了两个礼拜的戏。有几场我坐在她旁边,有机会亲炙这位"第一才女"。北昆侯少奎演《林冲夜奔》,老太太跳起来鼓掌喝彩,浑身是劲,她说她一向捧"侯家班",侯少奎的父亲侯永奎的戏,她从前在北平常看。张充和为了昆曲传承推广,鞠躬尽瘁,九死无悔。在美国她领着她的混血女儿,到各大学去讲授昆曲,示范演出。她的昆曲造诣是深的,看看她那张《刺虎》的剧照,一身宫装,那样的气派直逼伶界大王梅兰芳。

有一点何华倒是说对了,张家几姐妹,虽然她们自少远离家乡,可是"乡音未改",说起话来还是一口的合肥腔。这也是何华最得意的地方,合肥古都,竟出了民国时期最著名的一门闺秀。

除了黄梅戏,何华对其他戏曲剧种也兴趣浓厚,尤其是对昆曲、京剧,诸多点评,有些话颇为中肯。《"昆虫"扑楞抖起来》文中提到夜深人静,他常常会挑一张昆曲碟片来听,最常放的是梅兰芳、俞振飞的《游园惊梦》,张继青的《牡丹亭》,还有青春版《牡丹亭》。"寒碜的小屋顿时变得莺莺燕燕风雅深致起来,真要感谢老祖宗给我们留下这么美的东西。"

何华说得没错,我们真的要感谢老祖宗,还好给我们留下了昆曲,要不然,我们这个民族失去了"雅乐",声音也会变得粗糙许多。昆曲大师中何华最崇拜张继青,《牡丹亭·离魂》中,一曲《集贤宾》,令他"佩服得五体投地",认为这支曲子与王文娟越剧的《黛玉焚稿》是中国戏曲中最感人的两首"离魂曲"。何华此说颇有鉴赏力，张继青《离魂》中的《集贤宾》可说是昆曲演唱艺术登峰造极之作。何华在佛教居士林工作时，曾策划邀请张继青到新加坡清唱表演，张继青一连唱了《牡丹亭》与《烂柯山》里的六支曲子，"张三梦"的看家本领都搬了出来。

我和张继青也有一段悠长的昆曲因缘，尤其因为制作青春版《牡丹亭》，我邀请张继青担任艺术指导，手把手把沈丰英磨成了杜丽娘，十几年的接触，我对这位昆曲艺术家、一代宗师，产生了由衷的敬意，敬重她的人，佩服她的艺。张继青为人识大体，知进退，教学严谨、尊重艺术。我认为张继青《牡丹亭·寻梦》一折，半个钟头的空台独角戏，把中国抒情诗窈眇幽微的境界用歌跟舞的形式呈现，发挥到了极致。张继青的"寻梦"无人能及。

何华又点到另一位昆曲天后华文漪，他称她"华美人"，华文漪的确是个美人胚子，风韵天成。他比较两位昆曲天后，华文漪扮演《长生殿》里的杨贵妃，雍容华贵，何华认为是华文漪的招牌戏，别人都唱不过她。张继青扮起杨贵妃，就是不像。华文漪也以《牡丹亭》见长，"游园"挥洒自如，水袖翻飞，满园春色，然而她的"寻梦"就不如张继青深刻了。张继青饰演《烂柯山》里的崔氏，泼辣粗俗，可怜可悲，与杜丽娘的形象相差十万八千里，好演员无所不能，这是"张三梦"的另一个招牌。

我跟华文漪的戏缘就更长了，我的小说《游园惊梦》改编成舞台剧大陆版，一九八八年在广州、上海、香港上演，华文漪便担任女主角钱夫人蓝田玉，华文漪跨行演话剧，居然演得有声有色，《游》剧当年颇受好评。二〇〇七年，我制作第二出昆曲新版《玉簪记》，力邀华文漪教导沈丰英扮演陈妙常，她和岳美缇搭配的《玉簪记》又是一绝，两人你来我往，丝丝入扣，令人叹为观止。

我对华文漪，她的人与艺，一样肃然起敬。说到底，张继青、华文漪都是不折不扣的艺术家，她们对于艺术完美的追求，叫人佩服。

上昆人才济济，蔡正仁的"迎像哭像"（《长生殿》），计镇华的"弹词"（《长生殿》），梁谷音的"佳期"（《西厢记》），都是昆曲表演的经典之作，但何华不怕批逆鳞，大师们不逮之处，他也直言不讳，讲出一番道理来。他对昆曲这种精致文化，是由衷地喜爱，沁到心窝里去的。

何华是佛弟子，他有佛根，阅读佛经、佛典，如印光法师、倓虚老和尚的般若文字，但他的尘心依然是重的，他承认也放不下《金瓶梅》一类的世情小说，"影尘与红尘，我是都想经历或滚打一番的"。于是这些年，何华穿梭在"太虚幻境"与"大观园"之间，尝尽了尘世间人情变幻世事沧桑，偶开天眼，看破镜花水月的虚妄，他也有暂时超脱的"刹那"。

何华经常云游四方，尤其喜欢拜访各地寺庙。《老春水》有一篇写他逛寺庙的文章《佛门大滋味》，写得有滋有味，因为他写的都是有关在庙里吃喝的事情。何华与佛门结缘，头一站是上海的玉佛寺，那是八十年代，何华从复旦刚毕业，等待分发，无处可去，于是便到玉佛寺去挂单，这一下便入了佛门，遇到了知客僧心澄法师。玉佛寺是上海的名刹，颇有历史，海外佛门弟子到了上海，必到玉佛寺参拜一番，于是知客僧心澄法师送往迎来，忙得不亦乐乎，红包大概也得了不少。他对何华友善，带着这个刚毕业的小青年到处上馆子，吃香喝辣，不过法师出门是脱掉僧衣的，一个大和尚在饭馆里酒肉不忌，到底不雅。何华说，每天早上清洁工还买了肉包子偷偷送进来给他们。何华在玉佛寺算是开了眼界，也产生不少疑惑。"文革"期间，比丘们都被逼还俗了，心澄法师大概还没有脱离"俗气",佛门整风还需要一些时间才有效果。

　　有些寺庙里做出来的斋菜,的确远比一般素食馆要高明得多。何华提到有一位走红的女演说家在台湾佛光山道场喝了一碗雪白的浓菌汤,她觉得"鲍翅汤啊,佛跳墙啊,都没有这么好喝"。原来这碗汤有四种菌菇,前一晚就开始熬,"熬一段时间放一种菌菇进去,熬一段再放进去一种。最后再撒一把磨碎的白芝麻到汤里"。这种功夫汤还会不好吃吗?我在佛光山尝过这道著名的浓菌汤,果然鲜美异常,胜过山珍海味。出家人心静,食材新鲜,多是自己种的,做出来的斋菜自然可口。

　　北京著名的古寺不少,当然蜚声中外的是市内的雍和宫,但我最心仪的却是近郊那些千年古刹,潭柘寺、戒台寺这些寺庙老树参天,古意盎然,一走进去,人的心也变得澄明悠然起来,北京人真应该抽空多到这一片净土来"逃禅"。二○一二年,我到潭柘寺,时值深秋,满山黄叶红叶,秋光灿烂如许。潭柘寺来头不小,建寺于西晋,历朝都受皇室眷顾,康熙、乾隆还去朝拜上香,是我看过中国寺庙修缮得最用心的一个,看得出来策划修缮的人,有修养,尊敬古迹,潭柘寺才能保持着古朴纯净之风,又不失其恢宏气派。不像各地许多被翻新的庙宇,大金大红庸俗不堪,真是佛头浇粪。

　　何华文中描写的大觉寺也是北京郊外一座古寺,建于辽代,保存得也相当好,但奇怪的是庙中没有僧人,倒是开了一家有名的绍兴菜馆,供应的是大鱼大肉的荤菜。原来大觉寺已变成了旅游景点,大概属于旅游局管理了。何华跟朋友在寺里明慧茶院品茶,最便宜的一壶要二百八十元,吓得两人茶果也不敢点了。我跟一群朋友也去造访过明慧茶院,一个下午吃喝下来,挨了几千元。现在的中国寺庙,愈来愈商业化,到寺里参观礼佛,还要先买门票,而且票价不菲，佛门倒是愈来愈难进去了，这也是中国宗教世俗化的一大危机。

二○一三年，我第一次游览西安，名胜古迹，目不暇接。三月二十八日，我和一伙北京出版社的朋友，还有一队替我拍纪录片的工作人员，游了几处古迹后，下午黄昏无意间路过兴教寺，因为知道寺内玄奘塔有名，便下车顺便参观一下。谁知道那天寺门紧闭，敲了半天才开，来迎接的一位法师对我们这队不速之客，上下打量，满脸狐疑。我问他兴教寺的历史，他竟是吞吞吐吐，好像有什么难言之隐，一点也不像一般知客僧应有的和善热络。后来他勉强领着我们游览了一下寺内的几处景点，有一块石碑一下子吸引住我，那块石碑中间有一道裂痕，是"文革"时被打断的，原来上面刻着民国时期修庙的经过，捐款人有蒋介石、于右任等名人，中间赫然出现父亲白崇禧的名字，他捐了两千洋。父亲是回教徒，为什么会到西安捐款修佛教寺庙呢？我想唯一的原因是玄奘塔是著名的古迹文物，维修兴教寺也就等于保护了中国的重要文物。我看碑上的年份：一九四四年十月，正是抗战非常辛苦的一年。父亲以回教协会理事长的身份到西安以及大西北，号召回民抗日，"十万回民十万兵"，西安有众多的回教人口。我到西安，其实是在寻找父亲的足迹，替他写传。西安的清真寺我都去过了，那里的回民对父亲领导回民抗日，印象犹深。可是冥冥中好像父亲却将我引导到兴教寺，要我也替兴教寺做些什么似的。法师知道了我的来历，脸上阴霾马上消除一空，接着他激动地告诉我，原来一场"夺寺驱僧"的大灾难立刻要降临兴教寺了，五月三十日是拆庙的大限。

兴教寺全名叫"大唐护国兴教寺"，唐高宗总章二年（六六九年）将玄奘大师的灵骨塔挪到现址，并建兴教寺，后来加上玄奘两位弟子窥基、圆测的墓塔,称为慈恩三塔。自唐以来,兴教寺因玄奘塔一直是被海内外信众视为佛教圣地、敬仰崇拜的所在。二〇一三年,西安地方政府与一家旅游集团借着申请世界文化遗产的名目,计划将兴教寺开发成旅游中心,寺里的和尚统统挪走,寺内的建筑,许多民国时期以及后来重建的,大部分要拆除,日后兴教寺这块佛教圣地,只剩下孤零零三座灵骨塔。兴教寺的僧人当然极力反对,主持老和尚宽池法师急得住进了医院。我听了这番骇人听闻的叙述,大为震惊,没想到如今还有这种"灭佛"举动,北京的朋友们也义愤填膺,但如何帮助这些僧人守住玄奘大师的灵骨塔,不让世俗商业的势力悍然入侵呢?我们商量的结果:只有把这件不公不义的事情公之于世,让舆论来做评定。这个消息见报后,果然引起各方强烈的抗议,学者专家、宗教领袖纷纷发表意见,台湾的佛教高僧星云大师也亲自撰文支持兴教寺的僧团"护寺"之举。在强大的舆论压力下,财大气粗的旅游集团终于打消了他们贪婪的念头。玄奘大师西天取经,影响了整个中国佛教的发展,这样一位佛教圣人,他身后安息的地方,应该受到世世代代的人尊敬与保护的。

《老春水》里还有多篇写到电影、文学、艺术的,这些文章,巧思妙笔也随处可掇。何华爱看电影,涵盖面多而广,从日本导演黑泽明的《梦》到印度萨蒂亚吉特·雷伊(Satyajit Ray)的"阿普三部曲"。他看出了《梦》的警世预言,人必须归真返璞与大自然和谐相处,否则自取灭亡。这是黑泽明最后对世人的遗训,但却以最动人的电影艺术形式表现了出来。当然"阿普三部曲"是经典中的经典,是一阕哀悼人生"老病死苦"的挽歌,但手法是轻描淡写的,如泰戈尔那一首首玲珑剔透的小诗,美得叫人心折。难怪何华看完"大恸",因为雷伊触及了人生的根本大患,患在无常。何华评论了三位导演李安、王家卫、娄烨,有意思的是,若论这三位导演的代表作,应该是《断背山》《春光乍泄》《春风沉醉的夜晚》,这三部电影的主角都是"同志","同志议题"在华人世界不久以前还是一项禁忌,没想到这几年华人导演的"同志电影"参加国际影展,到处得大奖,出尽风头。世界变了,真正表现人性的艺术,必然受到肯定,那三部电影讲的其实是人性。

何华也提到李安另一部电影《制造伍德斯托克》,美国流行音乐史有一件大事:一九六九年八月十五至十七日,四十多万人拥进纽约附近一个小镇参加伍德斯托克(Woodstock)摇滚音乐节。那正是嬉皮士运动高潮时期,寻求人体、人性大解放,在大雨泥泞中,四十多万嬉皮士狂欢地参加了惊天动地的摇滚乐"青春祭"。

何华自谓对文学、电影、音乐等都抱有一颗虔诚的心,去体会去观察去接纳,常常为之"兴发感动"。"我所有的快乐和痛苦皆因此而生,不过,快乐是大于痛苦的。"我相信何华翱翔在他自己的艺文天地里,经常是乐在其中的。

情趣与品位
——何华的小品文

一九八七年春我第一次重返中国大陆，在上海复旦大学担任客座教授，做了几次演讲，同时亦开了一次座谈，参加座谈的多为中文系高年级学生，而且是上过"台湾文学"课程的，何华就是其中一位。何华正在撰写大四的毕业论文，论文题目竟选中了我的小说作品。事前何华并不知道我要访问复旦，这纯属巧合，也是缘分，自此也就展开了我与何华长达二十年亦师亦友的关系。

何华在学生时代我便发觉他对文艺有一种特别敏锐的感性。他常常从文学里能感受到最微妙、最精巧的一些境界；从音乐中能听到一般人容易忽略过去的音符；在戏剧电影里，他亦能领悟到人生某些不可言喻的况味。这种艺术性的敏感，全凭天赋。何华毕业后在《安徽日报》当了多年的记者，练就一手流畅的文笔；到新加坡，又进了国立大学中文系研究院，取得硕士；再到佛教居士林工作几年。至此，人生的阅历、人情的练达，加上他天生的敏感，统统反映到他的文章中。

何华以写小品文擅长。小品文在中国散文传统中独树一帜，从

《世说新语》到晚明小品，以至民国以来的杂文名家都曾留传下不少花叶扶疏、余韵无穷的隽永篇幅。小品文短小精悍，人情世故、风花雪月，无所不包，写人、写物、写景、写情，无所不能，而往往又能缩龙成寸，画龙点睛，是诗中绝句，词中小令，乃中国抒情文学洪流中分支出来的一脉清溪。

何华这本《买金的撞着卖金的》收集的文章，多属小品，寥寥一两千字，自成天地，其间波光粼粼，耀眼处颇多。他说读《金瓶梅》能闻到里面的"肉臊气息"，点评这本"肉书"一针见血，但他也会欣赏日本诗人芭蕉禅意盎然的俳句。何华的兴趣甚广，文学、音乐、电影、戏曲、舞蹈皆为所好，大小题目，信手拈来。何华笔锋犀利俏皮，他称书法家启功为"老人精"、红学家俞平伯是"老小孩"，都很传神，写他们写得兴致勃勃。

情趣和品位，是何华小品文的两大特点。饺子、酒酿、一饭一粥、咖啡、茶——何华津津乐道，写得滋味悠长，甚至涉及佛门吃喝，写到寺庙里的斋菜上去了。何华爱看电影，中外一体，他独钟印度导演萨蒂亚吉特·雷伊的"阿普三部曲"，这是经典中的经典。何华的品位也反映到他选择的《好歌三十三》中，他认为黄自的《玫瑰三愿》与刘雪庵的《飘零的落花》是中国艺术歌曲的"双璧"，这种评鉴，我完全同意，这两首感人至深的艺术歌曲，是二十世纪中国歌坛上的一对奇葩。

风雅颂
——金圣华教授的"颂体"

诗经三百篇,以"颂"最为深奥,多为歌赞帝王功德、祭奠仪式之辞,是中国文学颂词的滥觞。金圣华教授这部《荣誉的造象》正如乔志高先生所说一本"别开生面"的"颂体"。香港中文大学每年举行荣誉博士颁授典礼是一项隆重的学府仪式,典礼上的重头戏,便是荣誉博士颂词朗诵,多年来撰写并诵读荣誉博士颂词的大任都落在中大翻译系金圣华教授的身上。这是一件相当艰巨的工程,因为赞颂对象都是在学术、文艺或是其他行业顶尖的人物,如饶宗颐、季羡林、余光中、李嘉诚,在短短的篇幅内,要将这些大师的一生成就方方面面讲得妥妥帖帖,需要大量的准备功夫,至于分寸拿捏、轻重取舍,更是考验功力的地方。当然,颂词最重要还须得是一篇诵读起来,铿锵有声的漂亮文章。金圣华教授这些赞辞,篇篇如行云流水,不卑不亢,跌宕有致,是极尽风雅的颂体,难怪季羡林先生看过后,叹道:"难为她了!"

金圣华教授这部颂体书最大的特点是每篇赞辞后面又附一篇人物专访。因此,这些"荣誉的造象"便有了"正面与侧面"的二度摄制。如果赞辞是鸟瞰式的远镜头,拍摄人物正面的一生,那么专访便是近距离的特写,剪影人物生活的侧面。于是,大师们严肃的轮廓便一一清晰地勾画了出来,但镜头一转,我们又马上看到了一代硕儒饶宗颐在"练气功",原来饶公"练功"是指"写字、画画,还有弹古琴",亦是他永葆青春、老当益壮的秘籍。我们也看到一代宗师季羡林季老与他的爱猫相依相守"老人与猫"的动人图画。金圣华教授的这部文字造象,不仅荣誉得光辉四射,亦充满着人性人情的温暖,是一册多姿多彩的人像展。

优雅与温暖
——读金圣华的《友缘·有缘》

认识金圣华教授的人我想都会感受到她的优雅与温暖。她的为人及文章都具有这两种可贵的特质,人如其文,文如其人,真可谓文质彬彬。

《友缘·有缘》,书名取得妙,一个缘字牵出千丝万缕的情谊,层出不穷的故事。我与金圣华结缘始于二〇〇〇年,她邀请我参加香港中文大学文学院筹办由她主持的"新纪元全球华文青年文学奖"小说组的评审工作。我在二十世纪八十年代曾数次担任台湾两大报中时与联合文学奖的小说评审,后来有十几年未再参加此项工作。但金圣华主持的文学奖,对象是全球大学在学学生,意义非凡,可以激发青年学子用中文创作文字的兴趣,可能因此培养出一批有文学才情的青年作家。我自己也是在大学时代与一群同学创办文学杂志而走上创作之路的,金圣华这番用心,我很赞同,虽然当时我刚动过心脏手术,也就"奋不顾身"从美国飞到香港去参加这场文学盛会。与会期间,我观察到统筹举办这样一个大型会议,人员来自世界各方,会议的步调、节奏、内容、气氛、轻重缓急,主持人金圣华掌握得有条有理，秩序井然，几日下来一场文学会议，变成了一席文化飨宴。从各地来的得奖者以及本地香港生，大家欢天喜地汇聚一堂，好像来赴嘉年华会一般。能把一个文学会议办得如此喜气洋洋，我不禁暗暗佩服。这就是金圣华式的优雅，处理事情，无论大小，分寸拿捏得恰到好处，分秒不差。"新纪元全球华文青年文学奖"我一连做了三次小说评审，完全是被金圣华推动文学不惜余力的热忱所感动。有些获奖者，现在已经出版第一本文学集子。

我与金圣华的"友缘"继续延伸最后又归结到《牡丹亭》上。二〇〇四年，青春版《牡丹亭》在台北首演完，第二站到了香港沙田文化中心上演，香港文化界学术界许多人士莅临观赏，金圣华也到场，第一晚终场，我找到金圣华，她第一句话就是："太美了！"我就在等她这句话，她的看法是要紧的。从此，金圣华也变成了护花使者，加入我们的昆曲义工大队，一路护持着昆曲这朵牡丹花，她在《追寻牡丹的踪迹》中，有很生动详尽的描写。青春版《牡丹亭》迄今已演出一百八十四场，有几次我们陷入危机，多半是"金融危机"，幸亏金圣华伸手，替我们找到援助，才得以过关。青春版《牡丹亭》一路走来，天意垂成，遇到危难，每每有贵人相助。刘尚俭先生赞助赴美及百场庆演，周文轩先生赞助北京国家大剧院演出。两位都是由金圣华牵引的。二〇〇七年北京国家大剧院刚落成，邀请青春版《牡丹亭》去试演，这是第一出戏曲进入大剧院戏剧厅，当然重要。但大剧院临时却告知原来还要演出费的，数目不小。我只得连夜向金圣华告急，她二话不说，亲自出马，为青春版《牡丹亭》四处筹款，后来幸而找到周文轩先生，周先生不仅一口答应，而且还顶着炎炎夏日，自己走到银行去汇款，生怕耽误我们。谁知不久周先生竟卧病不起，赞助青春版《牡丹亭》亦成为他最后的善举。《不为人知的善举》中，金圣华把这段感人的故事写了出来。这就是金圣华式的温暖：朋友有难，不惜两肋插刀。

金圣华如此尽力，我想她不仅是为我个人解困，而是她认为（借用她的话）我们推广昆曲是在"兴灭继绝"，抢救我们的文化瑰宝，是一股文化使命感触动了她。读了《父亲与〈孔夫子〉》一文就明了金圣华的文化使命感之由来了。金圣华的尊翁金信民先生在抗战期间与友人创办民华影业公司，创业电影却极不平常，《孔夫子》一片，金信民先生不计血本、不顾票房，投下重资，请来当时最杰出的电影导演费穆执导，演员也都是一时之选。那是一部高质量、精心制作的艺术电影。一九四〇年在上海金城戏院上演，曾轰动一时，然而此片却因战乱流离失所，销声匿迹数十年，一直要到二〇〇七年因林青霞的关系，才发现香港电影资料馆居然还收藏了《孔夫子》的一个拷贝，这部旷世杰作终于重见天日，修复后，重在香港上演。现在看来，当年金信民先生拍摄《孔夫子》这部电影为至圣先师还原"本来面目"，其历史意义何其重大。而金信民先生对中华文化的一往情深也就传给了金圣华。

当金圣华告诉我《孔夫子》已重新面世，我脱口而出："我看过这部电影！"我记得这部影片又名《万世师表》，我还记得孔子见南子、颜回早逝，孔子哀恸的场景。金圣华很诧异，因为看过《孔夫子》原来拷贝的人现在少之又少。我模糊记起是战后在上海看的，好像是在大光明戏院。后来史料果然记载《孔夫子》于一九四八年在上海曾重映一次。费穆的《小城之春》，是中国电影一部经典之作，《孔夫子》应该是他另外一部。一九四八年我才十一岁左右，不知道是一种什么机缘竟能看到金圣华的尊翁制作的这部《万世师表》。人生多少境遇，都因一个缘字起头。

《友缘·有缘》共分三部分。第一辑《颂扬篇》多为中文大学荣誉博士、院士的赞词。在这里，金圣华充分显现了她的文字功夫。赞词不好写，两千字内讲尽一个人的生平成就，须句句得体，面面俱到。金圣华的赞词写得铿锵有声，篇篇可读，分寸拿捏，精确到十分。这就是金圣华行文优雅的地方。她写高行健下笔周延，看法深刻。高行健的作品受法国文化影响颇深，金圣华自己留法，所以写来格外当行。

第二辑《思情篇》、第三辑《怀念篇》，写朋友、写逝去的故人，这些文章温柔敦厚，朋友的长处，金圣华都看到了，而且不吝赞美，她写傅聪《赤子之心中国魂》体贴入微，我想金圣华应该是他的挚友，她写到了这位杰出钢琴家的内心深处。二十多年前傅聪第一次到台北开演奏会，我去旅馆见他，竟谈到深夜，话题绕来绕去总离不开他心中难以纾解的"中国结"。

二〇〇七年金圣华和我应王蒙先生之邀到青岛中国海洋大学演讲。那是个春光明媚的四月天，隔日游崂山，一路上繁花似锦，两旁的樱花红云片片，延绵上伸，如野火烧山，桃花、海棠、茶花、玉兰，相杂其间，真是姹紫嫣红开遍。山上太清宫是有名的道观，蒲松龄写《聊斋》于此，中有四百年老茶树一棵，据说是蒲松龄写花妖的由来。走到中庭，迎面猛见牡丹一株，高过人头，上结花苞数十朵，朵朵盛开，大如水碗，粉嫩娇红，迎风招摇，实在惹人怜惜。我从来没有看过那么高大、花开得那么茂盛的牡丹，我和金圣华在牡丹丛中留下一幅照相作为纪念。相片中，两人都围满了牡丹花，我们的友缘也可称为"牡丹缘"吧。

人贵相知
——金圣华散文集序

我与金圣华因文学、文字、昆曲《牡丹亭》、电影《孔夫子》、《孽子》舞台剧、《红楼梦》而结缘,种种因缘拼凑起来,自二〇〇〇年始,于今数数,不知不觉,已一十六年!

这些年来,我退休后忙于推动各种文化活动,有时候忙得疲于奔命,挫折不少,看看山穷水尽,忽而柳暗花明,我相信天意,在最艰难的关键时刻,突然会出现一些有心人士,大力推一把,使得我们这辆几乎停滞的"文化列车"又重新启动。金圣华便是其中之一,她几乎无条件地投给我信任票,认同我们的"文化大业",在一旁默默相助,加油打气。我们推动青春版《牡丹亭》,如果没有金圣华拔刀相挺,美国演出、北京百场演出,都会受阻。这点,我常感激于心。Thank you, Serena!

金圣华最近出版的散文集《树有千千花》,其中"友情篇"有几篇文章,都提到我们相交的点点滴滴。金圣华对青春版《牡丹亭》是由衷地喜爱,她看过四轮,一共十二场,两轮在香港,两轮在北京。"情"与"美"是昆曲两个关键词,昆曲是以最美的艺术形式表达了中国人最细致深刻的感情。金圣华爱美,她穿的衣服没有一件不美,昆曲之美她是极能欣赏的。金圣华是有情人,昆曲中的情,亦能深深打动她。二〇〇七年十月,北京国家大剧院落成,邀请青春版《牡丹亭》演出,金圣华与林青霞联袂北上观剧,第一天演到《离魂》一折,杜丽娘与杜母诀别,母女情深,几片唱段,动人心弦,金圣华与林青霞两位佳人,感动得双双落泪,互递纸巾(《喜结牡丹缘》)。

二〇一四年二月,我的《孽子》舞台剧在台北剧院首演,我邀金圣华来观赏,金圣华约了她的好友埃米莉(Emily)翩然赴台。我要金圣华来看首场(Premiere),因为有名歌手杨宗纬亲自登台演唱《孽子》主题曲《莲花落》。《孽子》首演成功,观众反应空前热烈,这出戏是枚催泪弹,戏院里男女老少观众,好像触了电一般,情绪都骚动起来,不少人为之掉下眼泪。坐在我旁边的一位大个子男孩,不停地抽泣,后排的两位画家朋友奚淞与黄铭昌,也在悄悄互递纸巾,我们的导演曹瑞原中场已经泪崩。这个故事是我写的,人物也是我创造的,可是一旦搬上舞台后,怎么我自己也会被舞台上人物的悲欢离合牵动得心绪起伏不平,不禁泫然。说到底,这出戏讲的是一个"情"字:父子情、母子情、兄弟情、同性爱情。因此,观众各取所需,依奚淞的说法是:借他人灵堂哭自己沧桑。金圣华显然也被《孽子》舞台剧"电"到了,为这出戏演出成功而兴奋异常,回到香港即刻写了一篇《孽子》舞台剧观后感的长文《艺术没有妥协》,登上《苹果日报》,这是《孽子》剧评写得最真诚、最有洞察力的一篇。金圣华极欣赏"龙凤血恋"用舞蹈来表现,我们邀请了太阳剧团(Cirque du Soleil)的舞蹈明星张逸军来饰演野性奔放、不甘受拘的野凤凰一角,张逸军一场满台飞翔的缎带舞，令观众惊艳。他与龙子（吴中天饰）一段生死缠绵的戏，金圣华如此评论："剧院里台上激情奔放，台下一片肃静，满院观众都屏息静气，凝神以待，为剧中的生死恋而感叹、而揪心。这一幕接近全剧的中场，气势澎湃，是整出戏的高潮所在。"金圣华是《孽子》的知音。

《树有千千花》中最感人的部分当然是"亲情篇"。二〇一二年，金圣华经历了一生中的大悲大痛，她的老伴Alan冯先生过世了。金圣华跟她先生鹣鲽情深，是最令人羡慕的一对神仙伴侣，两人四十五载，相知相惜，相依为命。金圣华二〇一一年六月结婚纪念日写了一篇《老伴颂》献给Alan。金圣华擅长写颂辞，中文大学颁给我荣誉博士，颂辞便是金圣华撰写的，她写那篇颂辞下了大功夫，字斟句酌，铿锵有声。但是这篇《老伴颂》字字出自肺腑，真是感人。写尽了她与Alan夫妻间的恩爱，写出了冯先生对他这位才貌双全的爱妻百种温柔体贴，千种疼惜爱怜。真是"捧在手上，含在口里"。金圣华不开车，Alan接送了一辈子：

　　年年月月，他管接管送，
　　开了多少趟车，
　　等了多长时间，
　　在烈日下，寒风里。

《老伴颂》事前并没有让Alan过目，刊出后金圣华悄悄塞给Alan看。"对着文章，他一脸腼腆，难掩喜色，瘦削的面颊上竟然显出久已不见的酒窝。"读了《重新出发》，才发觉，金圣华写《老伴颂》的时候，她的老伴Alan已经重病卧床了，在那温馨甜蜜的辞句下面，原来隐藏着如许沉重的酸楚与焦虑。

二〇一一年有一天，金圣华跟我通电话，完全失去了往日的朗爽笑声，她幽幽地告诉我Alan生病了，而且很严重，癌症（cancer）——她讲不出口，我从她声音，听得出她的惊恐、张皇，接下来便是她全家与"癌魔抗争"的艰辛日子，朋友们都暗暗替金圣华及Alan冯先生着急，但也爱莫能助。二〇一二年三月我赴港到中文大学去上昆曲课，在学校旁边的凯悦酒店（Hyatt Hotel）里会见金圣华，她约了高克毅先生的公子会面，商讨高先生的作品在大陆出版事宜。Alan刚过世，金圣华形容枯槁，满脸憔悴，往日的风采一下子都黯然消逝了。刚刚经历大劫，金圣华竟能勉强打起精神，为她最尊敬的翻译前辈乔志高料理出版事宜。这就是金圣华，做事之认真负责，令人敬佩。晚上我送她出去乘车，没有先生Alan接送，金圣华只得一个人从沙田乘火车回九龙家。我目送她孤独背影，挤进火车站人群中，形单影只实在不忍。一对比翼双飞的神仙眷侣，就此猛然折翼。金圣华为纪念她的夫婿，写下《盆与花》一首动人的挽诗。Alan是盆，Serena是花，花受盆的孕育及保护，才能恣意绽放，如今盆碎人杳，花也就自然随之飘落，徒剩空枝。

然而金圣华终于勇敢地走出了哀恸，"重新出发"，写下多篇文情并茂的华章，写作是可以疗伤的。近几年看到金圣华，那个热爱文学、热爱艺术、热爱人生的Serena，又风采动人地回来了，我发觉原来Alan好像从来也没有离开过，一直守在爱妻身边，默默卫护着她。

瘟疫中见真情
——保罗·莫奈的艾滋追思录

保罗与罗杰是一对同性恋人。两人家世优渥，保罗出身东岸中产家庭，罗杰的父亲是犹太商人。两人有美国大学最杰出的学历，罗杰拥有哈佛法律博士学位，保罗毕业于耶鲁英文系。两人从事高薪职业，罗杰是执业律师，保罗写电影、电视剧本。保罗与罗杰居住在洛杉矶好莱坞落日大道山坡上一幢华屋里，有景观、有游泳池。两人一同欧游，出入于各种慈善公益活动，过着美国"同志圈"令人羡慕的生活。保罗与罗杰相识时才二十八岁，罗杰三十二岁，在一起十余年，两人相知相惜，有共同爱好，文学与艺术，是一对理想的"同志"伴侣，两人尽情享受美好人生。

可是好景不长，因为那是二十世纪八十年代初，一九八一年，就在洛杉矶，高利亚医生（Dr.Gottlieb）发现他的几个年轻男病人突然免疫系统全面崩溃，患各种疾病而亡。那是艾滋病（AIDS）瘟疫侵入美国第一下警钟，此后如野火燎原，在东西岸大城，以至全美迅速蔓延，直至一九九五年，艾滋专家何大一发明鸡尾酒治疗法，艾滋病等于绝症，十数年间，上百万人感染，四十余万人死亡。艾滋最先侵入美国男同性恋群体，"先入为主"，所以最初数年，患病者多为男同志，罗杰便是其中之一。一九八五年罗杰染病，一年半后身亡，保罗·莫奈（Paul Monette）这本《借来的时间》（*Borrowed Time*）便是记载他的爱人罗杰患病十八个多月两人生死与共、抵抗艾滋的回忆录。此书于一九八八年出版，即刻引起巨大回响，获得"笔会"非小说类文学奖。这是美国第一本个人经历艾滋风暴的纪实录，也成为艾滋文学的经典之作，出版二十年，其感人之震撼力量，迄今未减。

　　《借来的时间》可分两个层面：首先这是一部记载艾滋病肆虐人体惊心动魄的档案。艾滋病是二十世纪人类所遭遇到一种全新的传染病，初登陆美国，美国人完全没有心理准备，一阵张皇失措，恐惧莫名。因为当时医学界对艾滋病的病因病源、传染途径一无所知，又因第一波患者多为同性恋者，美国社会一度误解艾滋病为同性恋群体特有疾病，遂引来美国保守人士对同性恋者恶意攻击，称艾滋病乃上帝对同性恋患者的"天谴"，艾滋病受污名化，变成难以启口的社会禁忌，里根总统右派政府竟然长期对此侵害人类健康的疾病视若无睹，噤声不提。在如此荆棘满布、阻碍重重的社会背景下，保罗·莫奈这本《借来的时间》的出现，可谓青天一声霹雳，震破了当时的社会禁忌，把艾滋病如何将人凌迟至死的恐怖事实，赤裸裸地呈现出来。保罗·莫奈以极大的勇气，毫不保留地将他爱人罗杰自染病之初，十八个月来，逐步消耗，受尽折磨以至于死亡的点点滴滴，巨细无遗地记载下来，成为一部艾滋病例完整的记录。同时他又将周遭朋友，一一被艾滋击倒吞噬的残酷事实描写得历历如绘，因为艾滋病末期病人，免疫系统全面崩溃，各种伺机性疾病集于一身，有人全身瘤肿，有人腹泻不止，羸瘦不成人形，

221

失明、神经错乱接踵而来,最后大多数死于肺炎。《借来的时间》是一部艾滋百科,读来撼人心魂。

美国同性恋者平权运动自一九六九年石墙酒吧事件揭竿而起,经过七十年代波澜壮阔,冲击到法令规章、社会习俗、学术研究、政治导向各种层面,同时与黑人及妇女平权运动齐头并进,一时声势浩大。进入八十年代,正往高峰迈进,而许多同性恋者亦误认为解放运动天国在望,于是尽情放纵享乐,艾滋风暴突然来袭,对同性恋者平权运动不啻当头棒喝,重挫士气,让正在初尝解放自由的美国同性恋者,从狂热陶醉中清醒过来,重新思考自己的命运及处境。八十年代,艾滋浩劫在美国夺走数以万计的青壮年生命,制造出无数的悲剧结局。许多患者一夕间变成"贱民",被社会家庭所弃,亲友纷纷走避,甚至连多年相伴的爱人也因恐惧离去,最后——孤绝死亡。但艾滋病的突袭也在二十世纪末给人类带来最严峻的考验与挑战,在这场瘟疫肆行的时刻,人性本善的光辉亦会骤然升起,照亮黑暗。

保罗与罗杰的故事,正是这场瘟疫中见真情最动人的见证。《借来的时间》不仅描写罗杰患病十八个月间,保罗如何衣不解带百般呵护,也详细描述两人的亲友对他们的支援与同情。罗杰的父母知道儿子罹患艾滋,只有疼惜,没有责怪,保罗本人的父母知情后,对两人亦十分体谅,尤其是保罗的弟弟罗伯,是个坐轮椅的残障者,可是对哥哥遭受的痛楚,尽力安慰,不停地打气加油,深更半夜,罗伯常跟保罗通电话,给他出主意,手足之情,溢于言表。罗杰人缘好,朋友知道他有难,多表同情。保罗·莫奈写这部艾滋追思录,出于极端痛苦,句句肺腑之言,他如此开头:我不知道我是否还能活着完成这本书。保罗自己也染上了艾滋,大概是罗杰传给他的，可是书中没有半句怨言。保罗·莫奈并没有被艾滋击倒，接着他又写了一本自传《成人之道：半生纪实》，是写他作为一个同性恋者艰辛的成长过程，这本书获得美国文学界最高荣誉奖之一："美国国家书卷奖"。保罗·莫奈于一九九五年死于艾滋病，他亦因艾滋成为名作家。

何大一发明鸡尾酒治疗法后，艾滋病患者死亡率大降，但此种治疗法并不能根治艾滋，只能缓解，而艾滋对全人类健康的威胁，并未稍减，联合国最近发表的数字足以说明其严重性。全世界迄今已有上千万人感染艾滋病毒，其中数千万人已经死亡。患者大多数在非洲，但全球几乎已无净土。同性恋患者比例较大。而台湾当局未能真正正视这个威胁台湾人民健康的公共卫生问题，规划一套有效防治艾滋的办法来，教育宣导的努力是远远不够的。保罗·莫奈的《借来的时间》是一部艾滋"醒世恒言"，美国八十年代那一场艾滋大灾难足以让我们借鉴警惕。

鲑鱼与海燕
——陈少聪《永远的外乡人》序

生物界有些现象神秘而不可思议。鲑鱼返乡、海燕回巢,都是最撼动人心的自然奇观。每年到了产卵季节,成千上万的鲑鱼群,从海洋洄溯,逆流而上,有时潜游数百里,最后返回到淡水河的原生地,产下鱼卵,然后死去。这是何等庄严的生命循环仪式。然而鲑鱼又是凭借什么感触导航它们识途返乡呢?据说是凭着嗅觉,这也不可思议。每年夏季,那些漂流天涯海角的海燕,成群结队,好像身上装了雷达似的,准确无误飞回北极老家,产卵孵蛋,饲养雏燕,严冬来时,又举家南飞,避寒去了。如此南北往返,千里迢迢,海燕也就完成了它们生命的轮回。是一种最原始几近神秘的本能,促使这些鱼、鸟以坚忍不拔、强大无比的毅力寻找它们的原乡,完成宇宙间生生不息的使命。这的确是自然界最动人的故事。但如果有些鲑鱼和海燕的家乡遭受到天灾人祸,巨大破坏,甚至毁灭呢?这些鱼、鸟恐怕也只得承受永远漂流的命运,客死他乡了。我想这类鲑鱼、海燕为数也不会少。

陈少聪这本自传体的作品《永远的外乡人》中提到鲑鱼和海燕

的漂流，大概也是她的自喻。她这本书所写的故事，在某种意义上与鲑鱼返乡、海燕回巢有相通之处。她写的是两代人的流离，上一代始终无法归返家乡，老死异国，时隔五十多年后由下一代，陈少聪和她的哥哥、弟弟终于回到浙江及山东的老家，替他们的父母完成夙愿。这也是一则感人的寻根记。

中国历史悠长，动乱频仍，在几次改朝换代的巨变中，总造就大规模的民族迁徙流亡，西晋东迁，宋室南渡，我们从《世说新语》《东京梦华录》，还有当时为数甚众的诗词中，可以读到那些遗民对沦失的故国无穷无尽的哀思。二十世纪中叶，国共内战，又造成了一次天翻地覆的大流离，这次出国出走的流亡潮，人数之众，区域之广，史无前例。有两百多万中国大陆各省的人民东渡到了台湾。这群流落到台湾的"外省人"中间，有一大部分是"国民政府"的军人，六十多万各级官兵，以及他们的眷属子女，这群孤臣孽子背后的故事，拼凑起来，是一部摧人心肝的悲怆史诗。陈少聪的父亲陈智将军便是其中的一位，陈少聪写这本书是在替她的父亲以及她的母亲树碑立传。

我认识少聪是很早很早以前的事了。那是二十世纪一九六四年，我在爱荷华作家工作室念书已快毕业，那时少聪也到了爱荷华大学。爱大坐落在一个小城，就叫爱荷华城（Iowa City）。全城以这所州立大学为中心，所以是一座大学城。刚到美国时，我在纽约的兄姊们知道我要去爱荷华相看愕然，怎么跑到美国乡下去念书去了？爱荷华是农业州，爱荷华城四周都是无边无垠的玉米田。可是在这片玉米田中却有一所文学重镇：爱荷华大学"作家工作室"，由保罗·安格尔（Paul Engle）创办，是美国大学中最有历史的一家。安格尔自己是诗人，所以独尊创作。写小说可以写出艺术硕士学位来，当时美国仅此一家，这倒正合我意。"作家工作室"以及安格尔与聂华苓共同主持的"国际作家写作计划"日后竟变成了台湾文坛的麦加，海峡两岸知名作者几乎都去过了。与我同时的有叶维廉、王文兴、欧阳子，稍后有杨牧，还有聂华苓。聂华苓是"写作计划"的守护天使，她与安格尔携手把"写作计划"办得轰轰烈烈，爱荷华变成了世界文人汇聚的中心。八十年代中，聂华苓邀我回返爱荷华，在那儿我遇见从北大荒回来的丁玲，在美国玉米田中，骤然碰到白发萧萧的"莎菲女士"，不禁陡然兴起一阵时空错置的感觉。

我是在聂华苓家见到少聪的，那时在爱荷华只有聂华苓做得出正宗中国菜，到她家我们都兴高采烈。陈少聪人如其名，一看就知道是个聪明绝顶的人，好像样样都在行。她念过文学、神学，后来又转心理，变成了心理治疗师。她还会唱京戏，那时我们在一起时，鼓动她：少聪来一段！她就会露一手唱段《锁麟囊》里的四平调，唱得有声有色。当然，少聪也写得一手好文章。现在想想，在爱荷华最后那段日子过得还挺热闹。那时安格尔正在热恋聂华苓，赶在后面唤她：Hua-ling、Hua-ling。兴奋得像一个初恋的美国teenager（少年）。我们笑道：这下可见"东风压倒了西风"。保罗·安格尔和聂华苓无论在爱情或事业上都是最美满的一对夫妻档。

那时大家在一起，不会讲起家世，大概家家都有一本难念的经，三言两语说不清楚。陈少聪这本"家族记忆"要等到她父母都过世后才写出来。少聪父亲是黄埔八期的军官，资格相当老，当时在国民党中应该属于嫡系的"天子门生"。她父亲念过大学，有英文底子，所以很早就被送到美国深造，进入弗吉尼亚军事学院

（VMI），是政府刻意栽培的干部。弗吉尼亚军事学院颇负盛名，有几位杰出国民党将领毕业于此，孙立人将军便是其中最著名的一位。少聪父亲本行是机械，在VMI专修运输后勤，一九三七年回国，刚好中日战争全面展开，于是投身抗战，八年浴血，任职于第六战区，辎汽兵团团长，兼任西南公路运输指挥官，那一战区滇缅公路上的战火风云，远征军远征缅甸搭救英军。那又是另外一页可歌可泣的抗战史。

全面抗战八年，国军的牺牲是惨重的，三百多万官兵战死沙场，连空军都死掉四五千，可见战况之剧烈。但国军抗日的精神是英勇的，前四年，孤军奋战，没有外援，面对的是一个军备远为优越的强敌，"八一三"一仗便伤亡数十万，精锐尽丧，可是国军靠着"血肉长城"终究还是把日本人挡住了。那时的国军都有一个共识：那是一场保卫国家的民族圣战。是这个共识支持了国军抗战八年。参加过这场圣战的国军，不免都会有一份荣耀感，少聪父亲陈智将军当然也不例外，他的上司白雨生司令称赞他"正直忠贞"。抗战时期，国军中有不少表现优秀的中级军官，他们大都"正直忠贞"，要不然抗战撑不了八年。以陈智将军出身黄埔，学历过人一等，战后在军中早该飞黄腾达，可是不旋踵，国共内战又爆发了，这次国军大败，失去大陆。六十多万东渡台湾的官兵，除了少数，日子也并不好过。少聪父亲的情况更是特殊。一九四八年东北战况吃紧，陈智将军被派到沈阳兵工厂当厂长，被共军俘虏，后来千方百计逃出来，偷渡到台湾，哪晓得在基隆一上岸便被特务人员抓了起来，关进了警备司令部的大牢，原来他在东北的同僚诬陷他，告他是间谍，若非老上司白雨生、冯庸二位将军搭救，可能送命。自此后少聪父亲虽然恢复军职，而且升迁少将，最后任职陆军运输学

227

校校长，可是三年后，突然自动退役，黯然结束了一生军职。据说被俘的记录如影随形，一直跟着少聪父亲，早该晋升中将，也因被俘事件受到阻碍。我知道有些国军中曾任师长、军长的将官，因为被共军俘虏过，在台湾"永不录用"，潦倒以终。且不管个人事业的得失，像陈智将军那一辈在台湾的国军官兵，内心深处，恐怕都有一股说不出口的郁结、悲愤，大陆战败，打击太过沉重，国军内伤，难以复原，也无法痊愈。陈智将军退役后，在台湾一直郁郁寡欢。

　　九十年代，陈家子女在美国早已成家立业，把父母接到美国，预备让他们颐养天年。不幸母亲一到西雅图就病倒了。此后长达二十年，少聪父亲全副精力都在照看妻子。少聪与父亲父女情深，父亲的壮志未酬，一生委屈，晚年辛苦，她看在眼里，痛在心中。这也是她这本书写得最动人的地方。有一天少聪与父亲到西雅图外一个岛屿上，发现陈列了一艘从中国苏州运来的舢板木舟，年迈的父亲，用手抚摸船沿，喃喃自语，久久不舍离去，少聪惊觉原来老父对太平洋对面那片故土仍深怀眷恋之情，她感悟到父亲久居异国的失落寂寞。那时台湾已经开放探亲，白发苍苍的老兵们都拥回大陆各地的家乡去觅找家人去了。少聪曾向父亲提议，回乡探亲之旅，可是父亲迟疑、犹豫，推说照顾母亲不便远行。事实上近乡情怯，中国大陆对陈智将军来说恐怕也是一片伤心地。许多老兵探亲回台湾大病一场，还有因此送命的例子。当年西南公路的运输指挥官始终未能返回他曾卖命保卫的那片国土上。

　　直到二〇〇四年，等到父母都过世后，陈家下一代，陈少聪与哥哥、弟弟，终于回到了他们原生的故乡，像鲑鱼和海燕一般，横渡太平洋。首站回到浙江临海，寻寻觅觅找到他们童年住过的外婆家，五十多年后，老房子还在那里，弟弟便在这间老屋里出生的。他们进到屋中，庭中站着一个老年人，是他们幼年玩伴表弟小萝卜头。于是记忆之门便从这里打开，陈少聪的"往事追忆录"，从回忆她的母亲——她心中的美女——开始，点点滴滴，一直到书末结束，这群"永远的外乡人"最后回到了他们父亲陈智将军的老家山东，爬上泰山，到日观峰上看到冉冉上升的朝阳。陈少聪拾起地上一把泥土，带回西雅图，撒在她父亲的墓园上，心中告慰父亲在天之灵，她代替他重返故乡，完成他自己始终未能达到的心愿。

海外孤臣竟不归
——姚白芳的泰北故事

一九四九年国民政府败退台湾,同年十月一日,毛泽东在北京天安门上宣布中华人民共和国成立,但此时国共内战其实并没有完全结束。西南广西、云南的边境,国军的残余部队与共军仍在做最后的殊死战。国军华中"剿总"部队与林彪四野共军从武汉一路交锋厮杀,其中黄杰将军带领的第一兵团,撤退广西边境,与共军最后一搏,一九四九年底流亡越南,官兵、军眷,三万余人被越南法国政府软禁在富国岛,成为流落异域的一群"孤臣孽子",直至一九五一年底,被困富国岛的国军官兵,集体绝食抗议,联合国干涉才得运回台湾。但也有一千五百人,在地生根,成了华侨。

广西境内,华中部队中的桂军溃散之后,一些广西子弟成群结队逃到大山中打游击去了,聚合广西的民团、游杂部队,人数也增至三万余,成立"粤桂边区反共救国军",下山突击暴乱。中共派军严加围剿,至一九五二年,才全部肃清。

另外一支孤军,由李弥将军率领,从云南入缅甸,最后抵达泰北。这支孤军原属李弥麾下第八军二三七师,及二十六军九三师,

第三辑　蓦然回首——阅读感怀

再加上云南、广西、贵州南部,省、县、市、乡镇各级政府官员、家人眷属、民众百姓,逃难人员浩浩荡荡有二三十万人之众。这批流亡泰北的"孤臣孽子"命运比那群困居越南富国岛的部队还要凄惨。蒋中正下令富国岛部队迎回台湾,泰北的国军却留驻原地,继续"反共游击战争"。李弥所领的部队及眷属起初在缅甸北境,瘴疠之区、热带丛林中,过着无电无水的原始生活。后来,李弥返台后,李文焕、段希文二位军长组织第三军、第五军"云南人民反共组织志愿军"帮助泰国政府扫荡泰共,才取得泰北居留权,但却被局限在金三角清莱、美斯乐等地,变成无国籍的一群难民。虽然后来有部分得以遣返台湾,但还有七八万孤军及后裔留在泰北,就此流落异域,过着次等公民的悲惨生活。随着"反攻复国"的梦想破灭,这支泰北孤军,也就渐渐被政府冷落,被人们遗忘。柏杨的小说《异域》的主角邓克保,便是满怀悲愤的泰北孤军,最后回到台湾,对政府的冷漠大失所望,又返转妻小埋骨的泰北伤心地。朱延平把《异域》拍成电影,庹宗华饰邓克保一角,有动人的演出。《异域》小说、电影,曾引起人们关注泰北孤军,然而也只是昙花一现。

一九九四年慈济功德会正式大举入泰北援助孤军及其后裔,数年间造村四座,办学校、医院,接管养老院,让那些孤苦无依的老兵,晚年有所养。姚白芳是慈济资深信徒,她在慈济支援泰北队伍中担任重要角色,这些年曾经深入泰北数十次。那些海外孤臣的老兵故事,深深打动了她,她的小说《满江红》便是写这些"孤臣孽子"悲欢离合的命运。柏杨写《异域》,他本人并未亲入泰北,只是听来的故事。姚白芳写谭绍筠的悲凉身世,却似乎事有所本,有几分真实性。小说的动人片段在叙述谭绍筠、谭绍竹,一对因战乱失散六十年的手足，以及绍筠、杜若一对五十三年未能谋面的情侣，最后临终在泰北见面。绍筠曾是一位爱国热血青年，投笔从戎，参加青年军抗日，最后变成泰北孤军，而且在战争中失去一腿，沦落在泰北，成为一个自我放逐的伤残老兵。谭绍筠的故事，反映了一个天翻地覆的时代悲剧。

姚白芳巧妙地在小说中用明朝大书画家文徵明的一卷《满江红》法帖，串联了几个人物的一段绵绵悲情。文徵明这首咏史词相当著名，词中除为抗金大将岳飞冤死风波亭抱不平外，还直指高宗赵构才是残害忠良的背后主谋。词意辛辣，颇不留情。如果以文徵明的《满江红》以古喻今，像邓克保、谭绍筠这些海外孤臣的悲惨下场，又是谁的错误造成的呢？

一六四四年，清人入主中原，顺治登基，大清帝国开始，但反清复明运动，在各地继续展开，数十年间，从未断过。当然也造成一大批"孤臣孽子"流亡海外，明遗民朱舜水，东渡日本，宣扬儒学，至死未归，晚年写下怀念故国诗篇：

海外孤臣竟不归，老来东望泪频挥。

据说泰北老兵当今只剩下寥寥数人，他们的下场，大概也只有埋骨异域，独向孤月了。

欢乐台北

——王盛弘的散文

王盛弘出版过六本散文集，《关键字：台北》是他的第七本散文创作，他也得过各种重要散文奖，在散文界里，因为他修炼出自己独特的风格，所以能别树一帜。他的早期作品《桃花盛开》《假面与素颜》便已透露他是一个心思极为敏感细致的作家，他自称对琦君的散文情有独钟，琦君散文温文尔雅，直书性情的风格，可能对他的早期作品有启示作用，那两本散文，一些童年往事，写得真情毕露，下笔流畅，根基扎实。《草本记事》（后改名为《都市园丁》），及《一只男人》因为题材特殊，文风也就各异。前者是一本植物百科，但作者对于花花草草的一些超级感应才是这本书最可读的地方：阳明山上晚间茶花落地的声音，作者也有特殊感触。而后者则是一本无所保留的忏情书了，在台湾的"同志"书写中恐怕还是首创。自此以后，王盛弘的文字风格便加速地起了变化，到了《关键字：台北》，许多篇已经滑入跳跃、剪辑、蒙太奇重叠的后现代世界里去了。

王盛弘生于一九七〇年彰化和美镇，十八岁才负笈北上求学，此后一直在台北工作停留。这个时间点与地理迁徙，对他的写作有重大影响。王盛弘的写作心理似乎一直存在着台北和彰化和美两大区块，城乡之间的矛盾与紧张往往也就反映到他的作品里。他虽然在台北居住已经二十年，但始终似乎未能完全与这个城市取得妥协。他写过初上台北读书，乡下孩子进城的兴奋与彷徨，在大学里与女同学跳舞时的慌张笨拙，那时候是八十年代后期，台北正迈向一片荣景的鼎盛时期，也是许多外地人来追求各种梦想的地方。和美少年到台北来，大概也一直在寻梦。可是这个"无情城市"久不久总要刺他一下，使他不得不回过头去，瞭望彰化乡下那片绿油油的田野，以求得心灵上的止痛疗伤。在王盛弘的几本散文中，总有几篇，突然会跳回家乡和美镇去，写出一片牧歌式农家乐的景象：务农的父亲在田中耕作的身影、乡亲们闲话桑榆的画面。那些文章里，有耀眼的阳光、拂面的稻香，是王盛弘作品中最贴心、最真挚的描写，写到中风后的父亲，更是情不自禁。但当他笔锋转向台北的时候，马上变色，进入了一个海市蜃楼式的世界。

《关键字：台北》里的文章，背景当然都在台北，但除了少数几篇外，描写的都是这个都市特殊的一则风貌：欢乐台北。书里几乎囊括了台北各种欢乐场所：新公园里的陌生邂逅（《夜游神》）、健身房里肌肉同志的孔雀开屏（《天天锻炼》）、欢乐"轰趴"（《夜间飞行》）、欢乐海滩（《暗潮》）、网络上的欢乐族（《花盆种猫》），当然还有欢乐吧。这些场所作为背景，作者也就经历了数不清的欢乐离合。

二〇〇一年王盛弘出版了《一只男人》，整本书几乎都在诉说"一只男人"寻寻觅觅在搜找另"一只男人"的故事。书名颇具寓意，"一只"形单影只，"一双"当然就成双成对了。可惜那本书到最后一页，一只男人终究未能觅得另外一只，无法修成正果。近些年台湾文学并不乏同志书写，但多以小说形式虚拟故事出现，像《一只男人》能拉下"假面"，完全以欢乐"素颜"告白的散文作品，并不多见。在《关键字：台北》这本书里，一只男人仍旧继续在寻觅、在渴求、在追逐他那似乎永远圆不了的绮梦。不同的是，七八年前，《一只男人》写的是三十岁以前，少年轻狂的分分合合，充满浪漫憧憬，愈挫愈勇，兴致勃勃，因为年轻，经得起打击。可是七八年后，经过时间的消磨，一只男人寻梦的调子变了，因为有了沧桑，变得凄婉。《经过了他》是回忆一九九五年"九三军人节"在公园遇见的他，他是一个做得一手好菜的职业军人，与他手缠手，想"与子偕老"，可是却发觉原来他还有另一只男人，于是地址簿上只剩下一个挖掉的空洞，心上一抹去不掉的伤痕。一而再，再而三，伤痕就愈积愈多了。《花盆种猫》是集子中较特殊的一篇写作：网络欢乐族的虚拟爱情，对象是位时髦美男，经过一连串网上的虚拟交往后，终于相约见面了，而当美男盛装迎来时，一只男人突然从墙上镜子里窥见自己青春不再的真实面貌，他与美男擦身而过没有停足。美男的代号叫鸢尾，所以他也去买了盆鸢尾花，搁在露台，一天铁窗半空中掉下一只被划开肚皮的猫，他把死猫埋进花盆里当肥料，隔年鸢尾盛开。网络的虚拟爱情，像夜猫一般幽秘，会开出诡异的鸢尾花。这篇文章似真似幻，写的是个后现代的虚拟世界。

前三年洛杉矶有一篇关于台北欢乐生涯的报道，把台北称为"亚洲欢乐之都"，比起其他亚洲城市，大概台北对待欢乐族算是自由开放的了，证诸《一只男人》及《关键字：台北》里欢乐族的离合故事，没有一篇是因为受社会迫害或法律制裁而分手的，他们有绝对择偶的自由,却偏偏难以成双。这就触及人性的基本问题了。人类都在追求自由,但自由到手却不一定懂得珍惜、善用。人就是这样矛盾,如此不肯安分。自由台北,一只男人在这个欢乐之都里,寻找天长地久的伴侣,是何其艰辛。

大内之音
——杨富闵的家族故事

杨富闵出生于一九八七年，那年台湾刚解严，台湾社会迸发出一股自由朝气，煌煌然进入到"美丽的新世界"，杨富闵便成长在这段遽变的时代。他的身上心中似乎也沾染着那个年代的骚动与不安。杨富闵的原乡是大内，台南县一个偏远的小乡镇。他写过两本描述他家族与家乡的散文集：《为阿嬷做傻事》《我的妈妈欠栽培》。这两本集子，可以说是他的"杨氏宗亲族谱"与"大内乡志"的混合。杨富闵以温厚赤诚，又带着幽默诙谐的笔调，替他的列祖列宗画出一幅幅轮廓分明的肖像：曾祖母、阿祖、祖母阿嬷、小姨婆、大姑、二爷爷、大伯公。杨富闵生长在一个族人枝叶繁茂的大家庭里，机灵早慧的他，自幼便睁大了一双好奇无比的眼睛，在搜索他家族中公公爷爷、婆婆妈妈，他们身上承载着多彩多姿、悲欢离合的故事与历史。于是他的这些族人，日后便无形中幻化成他小说中的人物原型。

在众多族人中，杨富闵的祖母阿嬷杨林兰对他影响最大，祖孙情深，相依为命。在他心中，阿嬷是大内一姊，是护佑他家族的妈祖婆。阿嬷，年轻守寡，含辛茹苦，靠着耕种把子女拉拔成人，对孙子有无尽的疼爱，临终最后一句话叫的恰恰是爱孙的小名阿闵。阿嬷杨林兰化作了杨富闵小说中许多位地母型，生命强韧，百折不挠，充满母爱的女性。

大内乡以农业为主，杨富闵的阿嬷便以种植水果、贩卖杧果维生，因为人口老化，大概青壮人丁都离乡外出打拼去了，大内无可免地沦落成一个老人乡，走向日落黄昏的衰败之途。老、病、死——这些人生必经的课题，杨富闵在他的家乡便有特别强烈的感受。从小他便爱看人家出殡，对于死亡——这个生命最不可解、最令人敬畏的现象，以及出殡的仪式，他有一种挥之不去的"痴迷"，他自称曾参与近百老人的死亡。死亡这个沉重的主题，时常在他的小说中浮现。由于对老、病、死特别敏感，杨富闵对他小说中正在经历生关死劫的人物，便产生了一股不能自已的怜悯——这也是他小说最可贵的特质。但大内在杨富闵的笔下，远不只是一个走向衰败的老人乡，也是一个充满民间宗教神秘色彩的国度，那一个到处都有神祇巡回的地方：妈祖、保生大帝、清水祖师、七爷八爷，层出不穷的庙会节目：宋江阵、八家将。杨富闵把这些热闹非凡的民俗仪式也都写进他的小说里了，使得他的小说刻印了鲜明的台南大内地方色彩。

杨富闵的第一本小说集《花甲男孩》面世，便引起了台湾文坛的关注。论者以为杨富闵的"新乡土小说"继承了王祯和、黄春明的传统。我初读《花甲男孩》，马上感觉到：我听到了一个新的声音（voice）！记得许多年前，王祯和拿他的第一篇小说《鬼·北风·人》给我投到《现代文学》上，当时我便警觉到台湾文坛出现了一个前所未有的声音，果然后来王祯和跟黄春明便开启了台湾乡土文学一个新的里程。杨富闵的花甲故事，似乎也给我有了同样的感觉，这是一声发自肺腑的"大内之音"。花甲故事并不都是第一人称发声，但每篇似乎都有同一个叙述者的声音，这个叙述者有点像从前的说书人，以引人入胜的腔调领着听众进入他那有着奇特色彩的异域。那个声音时而急促、热切，似乎有满腹心事，急不可待要告诉你关于大内乡那些黄昏老人临终前的一些秘闻逸事，叙述者的语调有时突梯滑稽，甚至带点黑色幽默，其实《花甲男孩》中的故事大多是生离死别的悲剧，叙述者的诙谐嘲弄，是在避免故事流于滥情。在轻松的语调下面，我们会感到作者对他故事中的阿公阿嬷是如何注入了他的款款深情，他怜惜那些老人。

《花甲男孩》作者的叙述方式相当特殊，叙述者铺陈情节，忽前忽后，完全打破时序，随着意识自由流动，读者紧跟其后，好像一同在溜冰滑雪，呼啦啦东窜西窜，有时甚至晕头转向，但终于会被引领到达目的地。《花甲男孩》叙述者的声音所呈现的魅力，当然，还是得力于叙述者的语言运用，那是一种极为流畅通俗，掺杂了大量闽南语的白话文，其间又点缀了e世代[①]的流行密码，因此这是作者刻意创造的一种十分个人化的文体：一种承载了民俗传统与现代流行的混合体。

王祯和与黄春明的小说成功，一部分也由于他们对台湾闽南语的掌握运用恰到好处，这就牵涉到小说中方言的运用这个大问题上来了。中国的著名小说《水浒传》《金瓶梅》《醒世姻缘传》中也有不少山东土话，如果这些小说用山东话念起来，恐怕更加够味。但这些小说的方言运用还是极有克制的，不会山东话的人也看得

---

① 指电子化、网络化、数字化的时代。——编者

懂。《海上花列传》则是完全用吴语苏白,不属吴语系的人,只能看懂一二。《花甲男孩》虽然台味很浓,因为杨富闵在小说中方言的运用得当,顺其自然,并非刻意炫耀,因而不失其流畅的可读性。

《花甲男孩》的主题其实写的就是人伦,而且是中国传统式的人伦:祖孙之情、夫妻之情、父子之情。写得最动人的几篇,也就是作者用情最深的时刻。《逼逼》是写老夫妻之间爱恨交集的复杂关系。水凉阿嬷的先生读册阿公,一生风流,到了临终还有一个叫"逼逼"的情妇纠缠不清。水凉阿嬷虽然满怀怨愤,但以七十五岁的高龄还是骑着粉红的脚踏车到庙里替病危的丈夫求平安,并且按着台湾乡下的习俗,翻山越岭寻找亲戚报丧,那是一段令人肃然起敬的行旅。读册阿公给水凉阿嬷留下了最后遗言:多谢五十年的你。老夫妻终于和解,水凉阿嬷要用手替读册阿公绣一张讣闻,她打算连他那些女人的名字也刺上去。王祯和有一篇描述黄昏之恋的小说《来春姨悲秋》,杨富闵的《逼逼》也有异曲同工的感人力量。《繁星五号》中单亲爸爸流浪国文教师苏典胜与独生子保䦆相依为命,不幸儿子因一时车祸丧生。曾经一心栽培儿子上重点中学繁星,为了达成儿子未竟的心愿,流浪教师苏典胜宁愿放弃原有教职到繁星中学去当校车司机开繁星五号。校车上的学生都变成了苏典胜自己的孩子,亦都变成了保䦆,被挫伤的父爱因此得到暂时的纾解。但车上的孩子总有长大毕业的一天,毕业典礼后,孩子们欢天喜地被自己的家长接走了,只剩下苏典胜还坐在繁星五号空车里,痴痴地等。这是杨富闵写得最"正经"的一篇,苏典胜的悲怅心情是如此沉重,作者再也无法使用他惯有戏谑的语调。自从黄春明的《儿子的大玩偶》之后,我还很少读到父子之情写得如此真挚动人的小说。

　　《花甲男孩》写的大多是老人的故事，而且是老人们走向衰亡的途径。这些老人的情境也就象征性地反映了台南大内这个农业乡镇日暮黄昏的颓败景象。杨富闵深爱他的故乡，也深爱他的乡亲，他为大内乡以及大内乡的老人们无可挽回的衰颓命运谱下了几首动人的挽歌，可能这些挽歌是随着电子琴伴奏，嘻哈唱出的。

　　《花甲男孩》是杨富闵第一本小说集，出手不凡，我们对他应该有更高的期待。

本著作物经北京时代墨客文化传媒有限公司代理,由联合文学出版社股份有限公司独家授权中南博集天卷文化传媒有限公司,在中国大陆出版、发行中文简体字版本。

© 中南博集天卷文化传媒有限公司。本书版权受法律保护。未经权利人许可,任何人不得以任何方式使用本书包括正文、插图、封面、版式等任何部分内容,违者将受到法律制裁。

著作权合同登记号:字 18-2024-259

图书在版编目(CIP)数据

八千里路云和月 / 白先勇著 . -- 长沙:湖南文艺出版社,2025.3. -- ISBN 978-7-5726-2268-7

Ⅰ. I267

中国国家版本馆 CIP 数据核字第 2025D6X646 号

上架建议:经典·散文

BAQIAN LI LU YUN HE YUE
八千里路云和月

著　　者:	白先勇
出 版 人:	陈新文
责任编辑:	张子霏
监　　制:	于向勇
策划编辑:	陈文彬
文字编辑:	赵　静　张妍文
营销编辑:	刘　爽　杨若冰
版权支持:	张雪珂
装帧设计:	利　锐
封面题字:	董阳孜
出　　版:	湖南文艺出版社
	(长沙市雨花区东二环一段 508 号　邮编:410014)
网　　址:	www.hnwy.net
印　　刷:	北京嘉业印刷厂
经　　销:	新华书店
开　　本:	875 mm × 1230 mm　1/32
字　　数:	200 千字
印　　张:	8
版　　次:	2025 年 3 月第 1 版
印　　次:	2025 年 3 月第 1 次印刷
书　　号:	ISBN 978-7-5726-2268-7
定　　价:	62.00 元

若有质量问题,请致电质量监督电话:010-59096394
团购电话:010-59320018